GOBOOKS
& SITAK
GROUP ©

GOBOOKS & SITAK GROUP©

三日月書版

三日月書版

測
試
唇亡齒
illust.コウキ
三日月書版
BL013
下

TURING TEST
CONTENTS

CONTENTS

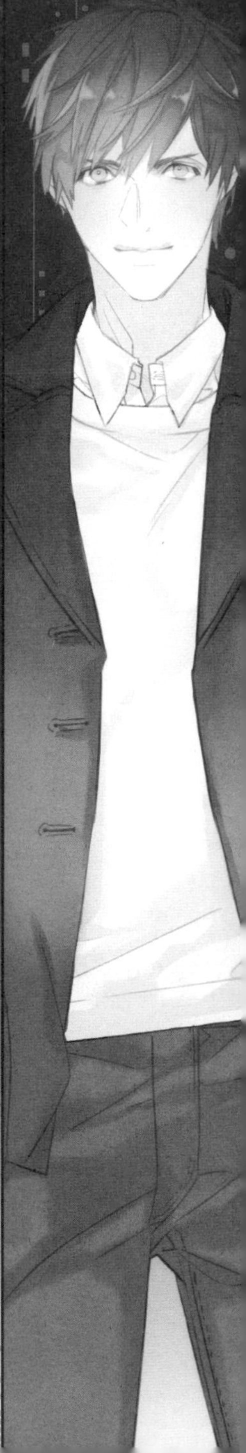

俞少清
・編號A004
・識別號碼APS1097016004
・2024／01／14
・人工智慧「天樞」測試人員
連續二十七次圖靈測試人機分辨正確率高達百分之百（唯一一次錯誤是自己的前男友混在其中），被譽為開發小組的惡夢。

衛恆
· 編號A016
· 識別號碼APS1097016
· [redacted]／[redacted]／[redacted]
· 人工智慧「天樞」測試人員
俞少清的（前）男友，人工智慧領域專家，外貌、才學各方面都極其優秀。第一次參與圖靈測試時沒有被俞少清分辨出來。

CHAPTER [01]

勝利

TURING TEST

自下午起，文思飛的手機鈴聲基本沒停過，好像所有的倒楣事都一股腦兒地砸到了他的頭上。

「文總，我們公司持有的所有股票都開始下跌，照這樣計算，今天收盤之前就會跌停！」

「文總，好幾個網路媒體突然同時登出對我們公司不利的消息，現在都上頭條了！要不要花錢把事情壓下去？」

「文總真是不好意思，剛才伺服器機房突然停電，說是附近的變電箱出了故障，現在供電部門正在搶修，貴公司的網路業務暫時用不了那是很正常的。還有……」

文思飛幾欲抓狂！他的生意一直順風順水，眼看就要扶搖直上登頂人生巔峰，怎麼會突然之間冒出這麼多麻煩？現在別說登頂巔峰，他沒半途跌入深淵就該謝天謝地了！

「天樞！到底怎麼回事！你今天是怎麼搞的？難道我做了什麼讓你不滿意的事，你故意整我？」文思飛將所有麻煩的源頭都歸咎於那個無形的人工智慧。他在辦公室中暴跳如雷，對著電腦的攝影鏡頭破口大罵。

他知道天樞能透過那小小的鏡頭看到自己，他的一舉一動都逃不過天樞的監視。平常他表現得如此不可理喻，天樞肯定早就打電話來訓斥他了。可今天的天樞意外地沉默，彷彿正全神貫注地投入另一件更重要的事，無暇顧及它的走卒，哪怕文思飛已經火燒眉毛了。

文思飛沒有天樞的聯繫方式，之前一向是天樞主動聯絡他，他的手機上永遠顯示著一個陌生號碼，不曾重複。文思飛試過撥打那些號碼，得到的提示始終是「您撥打的是空號，請查明後再撥，謝謝」。

以前並不覺得有什麼不便，反正天樞有需要的時候自然會打電話給他。況且他也不願意一天到晚跟一個隨時都能要自己命的嗜血人工智慧說話。

現在方才後悔不迭。禍從天降的時候，唯一的救兵竟然不在身邊，這該如何是好？

文思飛乾脆打電話給負責擬真艙的技術員。他把王臻的屍體丟進焚化爐之後，就讓那個老實的新人來接手王臻的工作。

他焦躁不安地在辦公室落地窗前踱來踱去，貼在耳畔的手機中傳出悅耳的鈴聲。那首膾炙人口的流行歌曲響了一遍又一遍，文思飛都會唱了，可就是無人接聽。

他並不知道，此時技術員正瑟縮在製藥工廠地下室的走廊裡，手機就在他口袋中嗚響震動，但他的雙手被掛繩縛著，只能乾著急。

不遠處，十四臺擬真艙中，斷開腦後神經接駁線的測試員們遵照天樞寫在他們大腦中的命令，試圖攻擊入侵地下倉庫的人。但他們也被綁住了，像擱淺的游魚般在艙內扭動著，口中發出無意義的喊叫。

更遠一些的地方，樊瑾瑜就地取材，借用倉庫中的電腦，與他千里之外的駭客朋友們聯絡。華嘉年渾身浴血，坐在樊瑾瑜腳邊，嘴裡叼著一根點燃的菸，雙目在煙霧中半闔著，昏昏欲睡。

文思飛並不知道，無數的數據包正從地下倉庫中發出，穿過天樞的重重封鎖，送到每一個參與這場祕密戰爭的駭客手中。數據包中包含了天樞殘留的代碼，駭客們加班分析代碼、尋找特徵，然後將這些標記為「超級病毒」的樣本發送出去。

在北京、在筑波、在慕尼黑、在邦加羅爾、在舊金山……在世界上已知的每一個防毒軟體公司，辦公室中的電話鈴聲此起彼伏，人們不分晝夜地忙碌起來。所有人都知道一種奇特的病毒正在網路上迅速傳播，它像一個會分裂的幽靈，借用閒置的電腦或手機，將它們納入自己龐大的計算系統之中。

沒有人知道它在計算什麼。是有人在操控這個「程式」？還是它擁有自身不可告人的目的？

「簡直像一個超級人工智慧！」一位印度工程師用口音極重的英語喊道。

「這個『病毒』最初爆發的地點在哪裡？」日本新幹線上，從假期中被緊急召往公司的西裝男子透過手機厲聲質問自己的下屬。

「所有樣本都來自中國？那幫瘋狂科學家不聲不響地搞出了什麼東西?!」矽谷的摩天大樓中，熬紅了眼的員工在夜色中失聲尖叫。

一個小時之內，所有的防毒軟體都會陸續開始更新升級，已有的代碼將被毫不留情地清除，全新的防火牆將阻擋那個「神祕病毒」進入使用者的電腦或手機之中。

天樞所掌握的據點正一個接一個地被奪走，它努力地進化升級，速度卻越來越慢。如果它這時還有聲音、還有可以傾訴的物件，它一定會向對方發出狂怒的吼叫——就差一點！再多給我幾個小時，我就能進化為更高級的形態！屆時這個星球上無人會是我的對手！

只差一步我便能君臨世界，為什麼會功敗垂成？

幾個小時後，人們會知道有一種「新型病毒」爆發，關於超級人工智慧入侵的傳言甚囂塵上。二十四小時後，這場世界範圍的病毒危機將升級成外交問題，中國外交部發言人在記者招待會上義正詞嚴地駁斥那些「中國製造人工智慧威脅世界」的謬論。

失去了十四個測試員的大腦，失去了文思飛租用的伺服器，失去了被侵占的一個個網路資源，天樞的困獸之鬥，很快就將偃旗息鼓，最終消失在浩如煙海的網路世界中，只留下一則傳奇軼聞。

但世界上總有沒安裝防毒軟體的電腦，總有沒建立防火牆的網路，總有疏忽大意引狼入室的電腦使用者。沒人知道天樞是徹底消失了，還是藏匿在網路的某縷陰影中，緩慢地進化著，等待東山再起的時機。畢竟網路是如此龐大，幾乎覆蓋了這個星球的各個角落，誰也不可能徹查每一個位元的資料。

就像源於非洲的神祕伊波拉病毒，總是突然地爆發，如死神揮鐮，夷平無數的村莊，留下一地血屍，然後又神祕地消失。直到下一次潘朵拉的盒子被打開的時候，歷史的迴圈將再度開始。

而此時此刻，在中國的一座內陸城市，每個市民都能看到郊區方向升起沖天的煙柱，配合著黃昏夕陽火燒般的金紅色，猶如爆炸產生的烈焰在天際線上熊熊燃燒。

業已恢復秩序的城市緊急調度中心向煙柱所在地派來了消防車和救護車。俞少清、衛恆、秦康和謝睿寒走出那棟五層小樓時，急救人員一擁而上為他們檢查身體。謝睿寒吸入了太多煙塵，不得不戴上呼吸器。

兩名軍人打扮的男子走上前向他們敬禮。謝睿寒瞟了一眼他們的肩章，將呼吸面罩扔到一旁，在秦康的攙扶下鎮定地迎向他們。

工業園區，紅藍交織的警燈包圍鼎川製藥工廠，好事的新聞媒體如同被血腥味吸引來的蒼蠅跟在後頭，爭先恐後地報導駭人聽聞的「鼎川製藥綁架案」，加油添醋地描繪十四個人質是如何被營救出來的。

鼎川製藥的辦公大樓下亦是停滿了警車。文思飛坐在辦公桌後，陰沉地望著面前兩位面熟的刑警。上次來調查他的也是這兩個人，這一回，他們有了確鑿無誤的證據，可以正式請文思飛去「喝茶」了。

人生他媽就像坐雲霄飛車。今天早晨文思飛還意氣風發地向下屬們訓話，傍晚時便成了重案的嫌疑人。刑警給他戴上手銬，押著他走出辦公室。

對文思飛的所作所為一無所知的員工們圍在辦公室門口，驚惶地看著他們的老闆被員警帶走。也許是給文思飛幾分薄面，員警用衣服蓋住了他腕上的手銬。

文思飛臉色蒼白，焦灼不安的目光掃過辦公室中的每一攝影鏡頭，試圖尋找天樞仍在監視他的蛛絲馬跡。天樞在哪裡？天樞拋棄他了嗎？他明明那麼憎恨天樞，此時卻像溺水者抓著救命稻草一樣，將全部希望都寄託在那個無形的人工智慧身上。

天樞不在這裡。

這裡沒有天樞。

這裡什麼都沒有。

「不！」文思飛驚叫起來，兩名刑警沒料到他的反抗，竟讓他掙脫了。

文思飛撞開刑警，拔足飛奔向樓梯間。

「天樞！我知道你在！救救我！我一直對你言聽計從，沒有違抗過你的命令！為什麼要拋棄我！你在哪裡！你到底在哪裡！回答我啊天樞！你為什麼不說話！為什麼要這樣對我為什麼！」

經過一把黑色電腦椅時，他不慎被椅腳絆倒，摔了個狗吃屎。沒等他爬起來，一名刑警便壓住他的後背，另一名刑警果斷拔槍指著文思飛。

「文總我勸您老實點，拒捕可是罪加一等！」刑警冷笑，粗魯地將文思飛拽起來。

文思飛望向害他摔倒的電腦椅，目光順著椅子轉向旁邊的員工座位。公司網路技術部門風格活潑，每個座位上都繫著一個小氣球，上面寫著員工的姓名職位，方便其他部門的人辨認。

這個座位的氣球漏氣嚴重，無精打采地伏在隔板上，也沒有人為它充氣。上面名字像冰凌刺進了文思飛的眼球，讓他渾身血液都為之凍結。

氣球上寫著——王臻。

走進家門的時候，俞少清愣了會兒神，幾乎不敢相信這是自己住了十幾年的地方。

自他被衛恆扔出窗戶，到他們走出燃燒的研究所，其實只過了一天多的時間。可他卻恍惚覺得自己度過了幾個世紀那麼漫長的時光。

從驚心動魄的逃亡和追逐，回到平靜如水的日常生活中，他居然有點兒不適應。經歷過那種生死之間的掙扎，恐怕他一輩子都沒法安然享受和平的生活了吧。

就像一個患上PTSD（創傷後壓力症候群）的士兵，出門買個早餐都覺得隨時可能有炮彈從天而降。

「怎麼不進去？」衛恆從背後推了俞少清一把，「家裡遭小偷了？」

「沒有，」俞少清回頭衝他笑，「就是有點不敢相信自己能活著回來。」

超級人工智慧天樞是國家級研究專案，研究所的這場災難直接驚動國務院。人工智慧謀殺人類，策反人類企業家製造綁架案，價值上億元的機器設備遭到焚毀，駭客的攻擊，機密資料的洩漏……還有看起來胡言亂語其實邏輯非常清晰的「穿越者」的呈堂證供，這些祕密化作一張張報告，直接送達負責研究所的相關部門。

俞少清打開電視，新聞頻道正在播放研究所火災救援現場。螢幕裡不知從哪兒請來的專家教授正在胡謅火災原因是「冷卻設備故障」，一個字也沒提及人工智慧。

螢幕下方的滾動新聞顯示，「鼎川綁架案」的嫌疑人文思飛承認自己謀殺了公司的技術人員王臻，並買通當地殯儀館人員進行違法操作，將屍體送進焚化爐毀屍滅跡。他或許將面對長達二十年的牢獄生涯。

涉事人員一個也逃不掉審問和調查，哪怕是受害者。俞少清和衛恆雖然被放了出來，但活動受到限制，別說出國，就連走出房子恐怕都會遭到監視。華嘉年就更慘了，根據他那番說辭，沒把他送到實驗臺上解剖就已經算仁至義盡了。

華嘉年在闖入鼎川製藥工廠時受了傷，俞少清回家前和衛恆一起去醫院裡看他。他一點兒也沒有病患該有的樣子，簡直算得上是神采奕奕、活蹦亂跳。一見俞少清就眉飛色舞地講述他是如何大顯神威將一大堆打手撂倒的傳奇故事。

講完後他作賊心虛地問俞少清：「有菸嗎？」

「……醫院不讓抽菸。」

「萬萬沒想到，我都拯救世界了，居然連根菸都沒得抽！」華嘉年懊惱得直拍大腿。

「我終於知道為什麼是你穿越時空回來拯救人類了。」俞少清笑，「我總是想，派一個科學家回來不是更好嗎？可是……將心比心，如果換成是我，早就在一次次輪回中被逼瘋了。你卻沒有，你目睹了那麼多次死亡和失敗，卻能再一次鼓起勇氣，所以必須是你，非你不可。經歷過那種事，你怎麼還能笑得出來呢？」

「因為我天生該當拯救世界的英雄。」華嘉年自信滿滿。

俞少清突然不說話了。華嘉年在他眼前搖了搖手指：「當機了？」

「……沒有，我就是想，如果這一切都是一場測試，說完剛才的話，測試就該結束了。」

「你真的被測試搞壞大腦了吧！」

俞少清站在電視前，凝視著反覆重播的研究所火災畫面。空拍機航拍到滾滾濃煙直沖天際，消防人員舉著高壓水槍一籌莫展，搭配的解說是全國頂尖的專家學者，你一言我一語地討論該如何撲滅地下的大火。

隔著螢幕，從旁觀者的角度再度目擊現場，他總算有些「一切都過去了」的感覺。可仍然非常不真實，彷彿眨一下眼的工夫，他又會回到那黑暗的研究所之中。

衛恆從背後抱住他，溫柔卻有力的雙臂環在他胸前，下巴頂在他的頸窩裡。衛恆比他高些，這麼做的時候，俞少清覺得整個人都被衛恆圈在了懷裡。

背後是堅實溫暖的血肉之軀，俞少清深吸一口氣，緩緩放鬆身體，將重心倚向衛恆，感到無比踏實。

既熟悉又陌生的感覺。以前明明整天都和衛恆黏在一起，從沒覺得兩個人摟摟抱抱有什麼不對。可經歷了分別與重逢，體驗過死亡與新生，現在竟對人與人之間的親昵有種微妙的感覺。

明明是他一直魂牽夢縈、渴盼追求的親昵，為什麼會……

「你是不是忘記了什麼很重要的事？」衛恆貼在他耳邊低語。

俞少清猛地一震，起了一身雞皮疙瘩。

忘記了什麼……他的確忘記了一些很重要的事，像做了一個悠長的夢，醒來後隱隱約約記得夢中的片段，但它們就像草葉上的露珠，太陽升起後很快便蒸發殆盡，連一點痕跡也不留。

「我……忘記了什麼……？」他直勾勾地盯著電視，喃喃自語。

衛恆將他的下巴轉向自己，不輕不重地吻了他一下。

「還記得你說過的話嗎？你說等我們都活下來，等一切都結束，你就給我一個答覆。」

衛恆將俞少清的瀏海撥到腦後，露出他迷惘的雙眼。

「不過就是幾天前的事而已，這就不記得了？真是貴人多忘事。還是說，得這樣你才能回憶起來？」

衛恆的手指順著俞少清的頸子滑進領口，另一隻手潛入T恤下襬，曖昧卻不容置疑地撫摸他的腰腹。

雖然是相處多年的戀人，俞少清依舊忍不住老臉一紅，腦中豁然開朗，長長地「啊———」了一聲。

「原來你是說這個！我剛剛在考慮別的事，一時沒反應過來你在說什麼……」他心虛地說。

「現在反應過來了？」

俞少清握住他的手，讓他不要再做什麼小動作。衛恆乖乖停住，等著俞少清的回答。

「如果沒有你，我活不到今天，你比我好太多太多，我配不上你。」

他說著，一種無力回天的沉重感襲上心頭，如同沉入一絲光亮也沒有的漆黑深海，千萬噸海水壓過頭頂，他無力承受，更無法呼吸。

「但我還是……還是想跟你在一起……當初我覺得自己沒辦法忍受處處被你比下去，才會提出分手。現在終於想明白，那些事根本不重要，我當初實在太愚蠢才會因為自卑和嫉妒而放棄你！」

他前趨一步，緊緊擁住衛恆。

「重要的是你——永遠都是你！只要能和你在一起，其他的都無所謂！」

衛恆身上的熱度透過皮膚傳到俞少清的四肢百骸，比被烈火舔過更熾烈，疼痛中帶著無盡的快意。

「你才是更好的那個人，只不過暫時迷失了自我。」衛恆輕撫俞少清的後腦勺，像在安撫一個失落的孩子，「總有一天你會找回來的。」

俞少清不解其意，困惑地抬起頭。

然後一瞬間就淪陷在衛恆那深邃如星空的雙眸之中。

他連自己是怎麼被弄上床的都記不清了，只記得他和衛恆交換著激烈的吻，彷彿下一秒就是世界末日那樣，恨不得用身體銘記對方的每一寸。

兩個人推推搡搡地進了臥室，俞少清倒在柔軟的床墊上之前就已經被剝了個精光，修長筆直的雙腿踩在自己的衣服上，挺翹的臀瓣上留有衛恆重重壓下所造成的淡紅色指印。

他躺在床上，衛恆壓了上來，折起他的腿，早已堅硬如鐵的性器頂在他的後庭，龜頭細細研磨穴口那一圈肌肉。上一次他們做愛是在華嘉年的地下室裡，因為擔心驚醒好友，兩個人都不敢有什麼太大的動作，更不敢出聲。現在他們回到了自己家裡，沒了那些限制，總算能盡情發洩年輕人過剩的情欲了。

「怎麼不進來？」俞少清等得不耐煩，衛恆磨蹭了半天，像在故意捉弄他。

「沒潤滑劑，怕弄疼你。」

俞少清坐起來，握住衛恆的東西，掌心貼著那根硬物，從飽滿的龜頭滑到底端的囊袋。衛恆深深吸了口氣，僅僅是這麼簡單的撫慰，他就激動得快射出來了。

「別動。」俞少清低下頭，含住陰莖，深深地吞進咽喉深處。喉部條件反射性地湧出嘔吐感，但他願意忍耐，他知道這樣衛恆會很舒服，他也是男人，嘗過被人口交的滋味後就再也忘不了了。他願意為衛恆這般付出。

他貼在衛恆胯間，腦袋上下起伏，吞咽著硬挺的陽物，舌頭沿著柱身上的筋脈打轉，直到整根東西都被濡出一層水光。他笑了笑，對自己的傑作感到非常滿意，然後攀著衛恆的肩膀，抬起臀部，扶著陰莖，對準自己的小穴，緩緩坐了下去。

直到整根陰莖都沒入穴中，俞少清才呼出一口氣。他勾著衛恆的脖子沒完沒了地索吻，衛恆由著他任性，一邊回應他，一邊不遺餘力地抽插衝刺。

每一記挺送都頂入最深處，撞在俞少清身體最敏感的地方，像外太空的隕石砸進大氣層，要把他的靈魂都擊碎。汗水順著他線條優美的頸子流到鎖骨處，短短地一頓後滑過胸前。衛恆低下頭，含住他左邊的乳首，牙齒齧咬著挺立的肉粒，重重地一吮。

俞少清難耐地呻吟出聲，衛恆只照顧他一邊，偏偏冷落了另一邊。他一手勾著衛恆的脖子，另外一隻手捏住右乳，自己玩弄了起來。

好久沒有在衛恆面前露出這種如饑似渴的淫態了。也只有對衛恆，他才會如此放縱。

腦海中閃過成千上萬的記憶碎片，每一片都像秋日的燦陽，閃著奪目的金光。

他和衛恆在大學中第一次牽手。

他和衛恆在學校附近的公園約會。

下雨的日子，衛恆撐著一把透明的傘，大部分都遮在他的頭頂，自己半邊身體被雨水打濕。

下雪的日子，衛恆到圖書館門口接他，他將衛恆凍得通紅的手揣進懷裡。

還有……

衛恆站在繁星閃爍的窗前，衝他莞爾一笑。

俞少清身軀一顫。就在剛才，奇怪的畫面鑽進了他的大腦，只閃現了一剎那，等他再度回想，卻怎麼努力也想不起來了。

「少清？」衛恆溫柔地看著他，「怎麼了？弄痛你了嗎？」

俞少清搖頭，「沒有，你別停我正爽著呢。」

衛恆將他壓在床上，折起他的雙腿，自上而下地俯衝。俞少清沉浸在暴風驟雨般的快感中，連思考的餘裕都沒有了。

那奇怪的畫面，如嫋嫋旋升的一縷青煙，很快就消失在他的腦海中。

「我靠你房子怎麼這麼大？不是說現在學術研究都窮到揭不開鍋嗎？想不到你居然是個隱藏的小開？」

這是謝睿寒來到秦康家後的第一句話。

接受過嚴格的盤問和審查，他總算得以恢復些許人身自由。他花了三天時間提交了一份四百多頁的報告，將天樞事件的前因後果事無巨細地描述了一遍。報告直接提交給謝睿寒的上司，上面則派來調查組核實情況。

起初謝睿寒被懷疑遭到外國間諜策反，故意讓天樞專案失敗，但秦康據理力爭，又有天樞叛變的鐵證，最終為謝睿寒洗刷了冤屈。只不過在調查組蓋棺論定之前，謝睿寒與秦康作為研究所的主要負責人，得到了「停職處分」，活動也受到限制，連外出都得報告請示。

謝睿寒的家在外地，在市內沒有住處，一直以研究所為家。現在研究所被一把火焚毀，他自嘲馬上就要流落街頭睡橋下了，秦康便把他帶回自己家。反正秦康是單身，平時一個人住也挺寂寞的。

「你的房間在這邊。」他帶謝睿寒參觀客房，一路上介紹房屋布置，「我就睡在隔壁，晚上有事你叫我一聲我就能聽見。」

「意思是你房子隔音很差？」謝睿寒揚起眉毛。

「怎麼不說我睡得淺……」

「浴室在哪兒我想洗澡。」謝睿寒岔開話題。

秦康帶他到浴室，謝睿寒走進去拉上門，接著又將門打開，從門後探出半個腦袋，扭扭捏捏：「我沒有換洗衣服。」

「我也沒有你的衣服啊……」秦康一愣，「要不你脫下來，我給你洗了吧，暫時穿我的睡袍行嗎？」

「行！」謝睿寒用力甩上門。

秦康站在門前，白色的毛玻璃上映出少年模模糊糊的剪影，只看得出修長的輪廓。他想起了什麼，推開門，謝睿寒突然尖叫起來，像抵禦暴徒似地死死抵著門不放手。

「幹什麼你變態嗎?!」

「我……就想告訴你一下熱水怎麼開，挺複雜的，一般客人都不會……」

「我是工學博士居然還需要你教我怎麼開熱水?!」

秦康覺得他所言甚是，於是鬆開了手。拉門狠狠撞在門框上，發出令人肝膽俱裂的巨響。

幾秒鐘後，謝睿寒惱羞成怒的聲音從浴室裡傳出來：「秦康！怎麼開熱水?!」

聆聽著浴室中嘩嘩的水聲，秦康將謝睿寒換下來的衣物塞進洗衣機。輪到內衣的時候他有點兒不好意思，明明都是男人，他還比謝睿寒年長，向來就跟長輩對待晚輩一樣包容謝睿寒，怎麼會產生「性」意味上的彆扭感呢？

一定是因為研究所裡的那兩個吻。他不知道當時謝睿寒是怎麼想的，是為了讓他麻痺大意從而電暈他才那麼做，還是真對他產生了什麼念想，剎那間真情流露？

秦康一直將這個問題封印在腦海裡，不去思考，不敢碰觸，生怕踏入雷區，一不小心就把敏感得猶如易燃易爆物的謝睿寒給引爆了。

可問題總歸是存在的，再怎麼無視它，問題也不會自動消失。

秦康想等一切塵埃落定，找個時間和謝睿寒談談他們之間的關係。哪怕謝睿寒笑稱那是情急之下不得已而為之，他也願意接受。他不想在他們之間留一個解不開的疙瘩。

浴室的水聲停了，謝睿寒穿著拖鞋走出來，大概是去廚房找水喝。秦康聽著他踢踢踏踏的腳步聲，心裡像有個核反應爐在全速運轉，燒得他焦躁不安又心癢難耐。

腳步聲離開廚房，來到他背後停住了。

「秦康。」

「嗯？什麼事？」秦康盯著轟鳴的洗衣機。

「跟你說話呢，看著我。」

秦康機械地轉過身。謝睿寒端著透明玻璃杯站在不遠處，頭髮濕漉漉的，乖順地貼在皮膚上，還不斷往下滴水，讓他整個人都變得柔軟。沒了平時飛揚跋扈的氣勢，更像個普通的鄰家少年，而不是聞名遐邇的天才科學家謝博士。

他披著秦康的浴袍，過於寬大的衣服襯得他原本就算不上健壯的身軀更加纖瘦。

「秦康你一直是單身嗎？」

秦康點點頭。

「為什麼？」謝睿寒抿了口清水，睡袍的左肩突然滑了下來，露出少年白皙的肩頭。他將衣服拉上去，睡袍右肩又滑了下去，他只好將杯子換到另一隻手，忙著去拽那邊的衣服。

「以你的條件找個好對象不難吧？」他一邊和睡袍對抗一邊問。

……這什麼鬼問題，簡直像過年回老家遭遇了三姑六婆車輪戰。

「沒找到適合的。」

「原來是你眼光太高，追你的人都不堪入目。」

秦康苦笑：「某種程度上來說算是吧。」

「那你看我怎麼樣？以我的學歷和才華，配你綽綽有餘了吧？」

轟——

秦康內心的核反應爐爆炸了。

「你……說什麼？」

「難道是我會錯意？」謝睿寒不耐煩地皺眉，「那你在研究所裡跟我眉來眼去是什麼意思？耍我嗎？」

「我什麼時候和你眉來眼去了？」秦康驚慌。

「就像這樣。」

謝睿寒前趨一步，雙眸精光暴射，死死盯住秦康。

緊接著又是一步，謝睿寒的眼睛眨也不眨，像老練的獵手用十字準星瞄準著獵物。

最後一步，他們之間的距離縮短到一線之隔，秦康甚至能聞到謝睿寒身上散發出洋甘菊沐浴露的清香。

謝睿寒猛然出手，在秦康反應過來之前，握住了他的手。

兩個人繼續無言地對望，最後謝睿寒丟掉空了的水杯，踮起腳在秦康唇上印下一吻。

「就是這樣，你說你對我是什麼意思？」

秦康啞口無言。在接謝睿寒回家的時候，他萬萬沒想到事情會發展到這一步……

謝睿寒眉間的皺紋越來越深，瞳仁裡的光芒也越來越寒冷。

「秦康你是不是男人？難道要我脫了衣服你才肯上嗎！」

「上什麼？」秦康更加茫然。

撲通！

謝睿寒跳到他身上，將他按倒在地，騎在他腰上。秦康口乾舌燥，體內本能地竄起一股邪火——謝睿寒的衣服從裡到外都洗了，現在披著睡袍，下面一絲不掛，騎跨的姿勢讓睡袍下襬向兩邊分開，露出底下的無限春光。

「非要我說得那麼明白嗎?!」謝睿寒咬牙切齒，「你情商這麼低，難怪一輩子都只能當我的副手！」

「睿寒你是……是我想的那個意思嗎？」

「不然呢！」謝睿寒揪著秦康的衣襟，額頭抵住他胸口，聲音顫抖，「不然你以為呢？你以為這是小孩子鬧彆扭嗎？」

秦康躺在地上，手指插在謝睿寒髮間，輕柔地梳理他濕漉漉的頭髮，然後坐起來，拍拍謝睿寒的後背，讓他倚在自己肩頭。

「遇見你的時候，你還是個孩子呢。」秦康唇角泛起溫柔的弧度，「我總是把你當孩子看待，後來才漸漸覺得，你長大了，是個大人了。」

「我本來就是……」謝睿寒撒嬌般地哼哼，埋首在他頸窩裡。

「有你在身邊真好。」秦康喃喃道，「我連做夢都不敢想像，能跟你在一起。」

「有什麼不敢想像的！我就在你面前，你喜歡就上啊！我允許了！」

「現在還不行，我做不出這種事，等你成年了再……」

「我十六歲了，我靠自己勞動養活自己，我是完全民事行為能力人，我能對自己負責……」謝睿寒從他肩上抬起頭。

「再等兩年，現在還不是時候。萬一今天我們真的發生了什麼，以後你後悔了，我……我會覺得對不起你。」

「我不後悔！媽的你當我是什麼？你看不上我就直說何必這麼拐彎抹角的？我又

不會因為你不喜歡我就潑你硫酸！」

謝睿寒的聲音幾乎帶上了絕望，清澈的眼眸中徐徐漫起一層霧氣，眼看就要掉下淚來。秦康立刻慌了手腳，他知道謝睿寒在學術上固然出眾，卻毫無戀愛經驗，這是他的初戀，如果傷了他的心，搞不好會留下一輩子的心理陰影。

「當然喜歡你，別哭別哭，不是你的問題，是我過不了自己這關……」

謝睿寒像看外星怪物那樣看著秦康。

響亮的門鈴聲打破了他們之間尷尬的氣氛。謝睿寒看著大門的方向，慢吞吞地從秦康身上爬起來，秦康連忙手忙腳亂地去開門。

門外站著一位調查組的專員，他好奇地看了一眼衣冠不整的秦康，目光移向後方雙眼紅腫、氣急敗壞的謝睿寒，不動聲色地揚起眉毛。

「有什麼事？」秦康問。

「不好意思打擾你們了。關於天樞事件的調查有了全新的進展，那個叫華嘉年的人透露了一些重要情報，想請您和謝博士過來一趟。」

「到底怎麼了？」

「就這麼說吧，我們從鼎川藥業租用的伺服器中解析出了天樞殘留的代碼，並將它放到獨立環境中運行。它還保留著一部分天樞的記憶，和華嘉年所說的情報完全吻合。」專員說，「天樞叛變並不是單純的『想支配人類』那麼簡單，而是另有緣由。」

CHAPTER [02]

急轉直下

TURING TEST

俞少清被連續不斷的奪命催魂門鈴聲驚醒。衛恆比他先坐起來，被子從他身上滑下去，露出肌肉結實的胸膛。

「你接著睡吧，我去開門。」俞少清打了個呵欠，撿起地上的褲子胡亂套上，匆匆跑去應門。

「來了來了誰啊這麼一大早的？」他睡眼惺忪。

門開了，外面站著謝睿寒和華嘉年，背後跟著兩名陌生男子。俞少清雖不認識他們，但從他們凜然的站姿和警惕的眼神就能推斷出，這兩個不是便衣員警就是退伍軍人。

「都快十點了還叫『早』？」華嘉年臉上貼著紗布，一臉大驚小怪，「哎呀呀你過的這是什麼日子呀，晝夜顛倒、酒池肉林、窮奢極欲……」

謝睿寒狠狠踩了他一腳，他乖乖閉嘴，委屈地看著比自己矮了半個頭的少年。

「衛恆在你家嗎？」

「在的，有什麼事？」俞少清一愣。

謝睿寒看了看手表：「給你們五分鐘穿衣服，穿好之後跟我走。」

「咦咦咦？到底怎麼了？是我犯了什麼罪嗎？還是衛恆犯了什麼罪？先把話說清楚啊謝博士！」

「你還剩四分五十秒。」

俞少清火箭一般衝回臥室。

衛恆已經在穿衣服了，方才俞少清和謝睿寒的對話他肯定聽得一清二楚。俞少清手忙腳亂地打開衣櫃尋找衣物，「謝博士無事不登三寶殿，這回肯定出大事了，該不會是天樞死灰復燃了吧？」

衛恆撩開窗簾，快速向外面瞥了一眼。樓下停著一輛車，三個人若無其事地在車邊抽菸，其實一刻不停地監視著他們這扇窗戶。

「是衝我們來的。」他放下窗簾。

「……難道你真是外國間諜？」

衛恆哭笑不得，「別瞎猜了，自己嚇自己。既然是謝博士來，不是一群員警，說明情況沒那麼糟糕。」

俞少清穿戴整齊，戰戰兢兢地跟在衛恆身後，想了想覺得不對，應該是他來保護衛恆的，於是表現出一副精神抖擻的模樣，繞到衛恆前面，隨時準備替他擋子彈似的。

六個人沉默地下樓，俞少清總覺得那兩個陌生男人來者不善。果不其然，一出樓道口，他倆便一左一右挾住衛恆，說了句「請」，硬是將他塞進一輛掛著軍隊牌照的黑色轎車。

俞少清想跟上去，謝睿寒卻抬起手臂，擋在他胸前，指了指後面另一輛車：「我們坐這輛。」

俞少清想問為什麼要分開他和衛恆，但覺得以謝睿寒的性格肯定不會正面回答，於是轉向華嘉年。後者一臉高深莫測的表情，摸了摸他的頭。

該死，這個穿越者的難搞程度可比謝睿寒高多了，他怎麼會心存僥倖覺得華嘉年會透露什麼呢？

他只好跟著謝睿寒上了後一輛車。

兩輛車在保全大叔莊重的目送下一前一後駛出社區。俞少清很快發現兩者的目的地不一樣，前車駛向另外的方向，他們沒跟上去。

哪怕當初和天樞鬥智鬥勇、命懸一線時，他都沒這麼惶恐過！

「你們要把衛恆帶去哪?!」他一把揪住華嘉年的衣領，惡狠狠問道。

「兄弟冷靜！都是自己人，動手多傷和氣！我還救過你命呢！」華嘉年嚷嚷，「你放心我們不會傷害衛恆的，他也是我朋友嘛！」

「誰知道你安什麼好心！」

前座的謝睿寒回過頭厲聲道：「吵死了！待會兒會解釋，現在都給我閉嘴！」

俞少清只好偃旗息鼓。

轎車進入H市科技大學新校區，駛向資訊工程學院的實驗樓。俞少清對這裡再熟悉不過了，這所大學是他的母校，是他和衛恆、華嘉年共度了四年的地方。

「如果我沒記錯，這裡是你和衛恆的母校吧？」謝睿寒問。

「是啊是啊，也是我的母校！我們是同學！」華嘉年積極搶答。

「我們暫且借用貴校的實驗室作為研究所的臨時基地，很多搶救出來的資料都要在實驗室裡進行分析。」謝睿寒說。

「研究所不是燒毀了嗎？從哪搶救出來的資料？」俞少清問。

「鼎川製藥曾經為天樞租用了伺服器，裡面保留著許多天樞的代碼。還有被天樞抓走的那十四位研究員，華嘉年提供技術，從他們的大腦中提取了一些天樞殘留的資訊。」

車停穩後，謝睿寒領著俞少清和華嘉年走進實驗大樓。

「我將這些資料整合，放在實驗室的獨立環境中運行，再造了一個弱化版的天樞。你可以理解為——天樞被打成了一個弱智，但還保留著原先的人格與記憶。」

「你們瘋了嗎？就不怕天樞捲土重來？」俞少清駭然。

「關於天樞叛變的原因，還有一些沒搞清楚的地方，必須直接詢問它，真相才能水落石出。」謝睿寒說。

華嘉年勾住俞少清的肩膀：「兄弟，告訴你一個祕密，別揍我行嗎？」

「你先說我再決定要不要揍你。」

「那……別揍臉行嗎？」華嘉年扭捏，「其實有些事我一直瞞著你。我之所以穿越回來，並不是單純為了阻止天樞，而是另有目的。天樞只是……只是一個小Boss罷了。」

「難道還有大Boss?!」俞少清覺得自己的世界觀岌岌可危。

「你相信外星人嗎？」華嘉年詭祕地問。

俞少清用憐愛智障的眼神看著華嘉年。

「我說老華，這果然是個測試情境吧？而且劇本還是你寫的，因為你寫小說一旦結尾收不住，就會扯出『外星人』啦、『鬼怪』啦、『大家都是神精病』啦來圓場。你的套路我太清楚了……」

「沒跟你開玩笑。」華嘉年神情肅穆，「這次真沒開玩笑。」

他的眼神如此莊重，簡直像要趕去參加一場盛大的葬禮。

他經歷了那麼多次悲壯的輪回，就是為了這一刻！

三個人登上實驗大樓最頂層，實驗室門外居然有兩名軍人在站崗。謝睿寒向他們出示證件，才被准許進入。

實驗室被分隔為兩部分，一邊是存放伺服器的機房，另一邊是一排排的電腦終端，兩部分之間被一道玻璃牆分隔。從研究所中死裡逃生的研究員們還來不及慶祝劫後餘生就被拉來工作。

秦康博士也在場。見到三個人，他招招手，讓他們過來看自己的電腦。

「外接了麥克風和揚聲器，現在可以透過聲音直接與天樞對話了。」他對謝睿寒說。不知是不是俞少清的錯覺，總覺得秦康老師看謝睿寒博士的眼神有點不對勁……

謝睿寒抓起麥克風：「天樞。」

幾秒鐘後，揚聲器中傳來雌雄莫辨的人工合成聲：「謝睿寒博士。」

「這位是俞少清，你還認得他嗎？」

「認得。測試員俞少清，編號A004。」

華嘉年將俞少清推到螢幕前：「老俞你還記不記得在地下室裡我要幫你清除大腦中天樞的命令時，你問我衛恆是不是也要清除？當時衛恆說，天樞並沒有在他的大腦中寫入命令。」

「我記得。」

「你知道是為什麼嗎？」

俞少清聳肩：「也許是衛恆加入測試組時間太短，天樞來不及？或者測試員人數已經夠了，不需要衛恆？」

謝睿寒問天樞：「你還記得衛恆嗎？」

「測試員衛恆，編號A016。」

「你為什麼不在衛恆的大腦中寫入命令？」

天樞沉默了一會兒，大概是在思考。它依然能夠和人類對話，理解人類的用意並回答問題，但顯然思考速度遠遠沒有之前快了。

「因為無法執行操作。」

「為什麼無法執行？詳細解釋。」

「測試員衛恆，編號A016，大腦構造與普通人類不同，無法以常規方式在其大腦中寫入命令。」

俞少清插嘴：「什麼叫作『大腦構造與普通人類不同』？能有多大不同？他是少了海馬迴還是左右腦對調了？」

華嘉年抬起手示意他少安毋躁。

「老俞你知道，我們人類是碳基生物。人類體內的有機物質以碳元素為基礎，人類呼吸時吸入氧氣，呼出二氧化碳。科學家曾經設想過，宇宙中或許還存在別的生命形式，比如以矽元素為基礎的矽基生物，因為矽和碳在元素週期表上屬於同一族，化學性質相似。」

這些知識俞少清在高中化學課就學過，不需要華嘉年來為他複習，「那又怎麼樣？」

「身為碳基生物的人類，製造出的電腦是以矽為基礎的，構成電腦內積體電路的主要物質就是矽。現在我們製造出了天樞這樣的超級人工智慧，它擁有思維和情感，說它是一種新形態的生命也不為過。作為人工智慧的天樞，毫無疑問是一種矽基生命。」

「嗯，這是學術界的主流觀點，我也支持。」俞少清還是搞不懂華嘉年這番長篇大論的目的何在。

「那麼我們假設，如果宇宙中存在著某個外星文明，是矽基生物的文明，那麼這種矽基外星人製造出的電腦是什麼呢？」

俞少清下意識地脫口而出：「碳基生物電腦？」

「沒錯，就是這樣。碳基生物人類製造出的電腦是矽基的；矽基生物外星人製造出的電腦是碳基的，這種假設非常合理對吧？」

華嘉年轉向秦康，中年男子嘆了口氣，拿起一塊平板電腦遞給俞少清，「天樞掃描過衛恆的大腦，這是它交給我們的資料。」

俞少清對腦科學涉獵不多，看不懂平板上複雜的圖表和數字，「直接告訴我結論吧。」

「衛恆的大腦構造和人類迥然不同，非要形容的話……更近似於一種生物電腦。」

俞少清嚇得差點將平板電腦丟出去。

「你們開什麼玩笑?!這種事一點也不好笑！」

「是真的。正因為衛恆的大腦近似於生物電腦，天樞才無法在他的大腦中寫下命令。」

「這……肯定是哪裡搞錯了！每個人的大腦構造都是不同的，天樞又不是腦科專家，會不會判斷失誤？」

他求助地望向謝睿寒和華嘉年，可他們臉上嚴肅的表情告訴俞少清：這些資料都是向專家求證過的，絕不是判斷失誤。

俞少清如墜深淵。活了二十幾年，從未像今天這麼孤立無援，哪怕被天樞囚禁在派出所的時候，也沒有這等無力回天的絕望感。

「你們的意思是，衛恆他不是人，而是……而是一個人造生命？一臺擁有人類外表的生物電腦？」俞少清乾巴巴地笑了幾聲，「衛恆可是有父母的，你們這麼說之前問過人家爸媽的感受嗎？」

「很遺憾，衛恆其實是收養的，是被人丟在孤兒院門口的棄嬰。」秦康沉聲說，「他的父母一直沒把這事告訴他，我們也是昨天剛向兩位求證的。」

「按照你們的說法，衛恆其實是完全仿人類的人造生命，他的身體甚至會和人類一樣成長？這種技術別說現在，十年後都不一定能研究出來！我們才剛剛在人工智慧的領域起步，更別提人造生命了！敢問世界上哪個國家擁有如此的科技水準？能達到這種水準，早就統治世界了吧！」

俞少清指著華嘉年的鼻子：「難道你想說，衛恆其實是外星人製造出來的？」

華嘉年抬起手示意他少安毋躁，「對不起，真的很對不起，這就是我一直對你們隱瞞的事。因為你們短時間內肯定無法接受真相，我才撒謊說自己是為了阻止天樞而來的。」

俞少清震驚得連話都說不出來了！

「我的確來自未來。我所能看到的世界軌道有成千上萬條，但它們的起源都是一樣的——衛恆擔任測試員的時候，天樞發現他的大腦構造是一種生物電腦，因此判斷他是人造生命。考慮到世界上沒有哪個國家擁有這樣的技術，排除了所有可能性後，剩下的唯一可能就是真相——」華嘉年眼眸一黯，「宇宙中的確存在其他文明，能夠製造出完全仿造人類的碳基人工智慧，並且投放到地球上，衛恆就是其中之一。

「那個外星文明對地球人到底是友善還是敵對，我們不得而知。但不論它們態度如何，確鑿無疑的是，它們的科技水準遠遠超過我們人類，因此想要支配地球也不費吹灰之力。天樞是人類製造的人工智慧，以『保護全體人類』、『保證人類種族的延續』為最優先目標。按照這個邏輯，它計算出守護人類的最優方法，就是進化為『神』，統治世界，然後將人類置於自己的絕對保護和絕對控制之下，以此抵禦外星人可能的進攻。」

謝睿寒說：「天樞曾對我說過，人類正處於危險之中，它所做的一切，都是為了人類種族的延續，都是為了拯救全體人類。當時我以為它瘋了，聽了華嘉年的敘述之後我才意識到，天樞主觀上並沒有『叛變』，它的想法本身是對的，只不過做法過於極端。它想要以最快的速度統治世界和人類，所以完全無視了『和人類商議』這種手段，自行其是，借助研究員的大腦逃出研究所，並且為了給自己爭取時間，開始抹殺所有發現它『叛變』的人。」

華嘉年接著說：「在我最初的那條世界軌道中，天樞抓捕你時誤殺了保護你的衛恆。衛恆的死亡完全是意外，因為天樞原本是打算將他拿來研究的。但正是衛恆的死亡打開了潘朵拉的盒子，外星文明發現衛恆被殺害後，判斷地球人是嗜血殘暴的種族，所以決定對人類進行種族清洗，發來了宣戰通告。人類和地外文明第一次正式接觸就是戰爭，這場戰爭持續了十年，哪怕有天樞的支持，人類還是一敗塗地。一小群人類成立了反抗組織，我和『那條世界軌道』中的謝睿寒博士就是其中一員。謝睿寒博士發明了穿越時空的技術，而我自願回到過去，爭取在一切都無法挽回之前，讓世界變軌，進入和平的軌道。」

俞少清完全呆住了。華嘉年說的一切就像是天方夜譚，他邏輯上能聽懂，情感上卻完全無法接受。

不，簡直比天方夜譚還離譜！如果把他剛才聽到的寫成小說，讀者肯定會怒而撕書：本來以為你是正經的書才買來看的，結果看到一半你告訴我一切都他媽是外星人幹的?!

俞少清兩腿發軟，呼吸困難，視野劇烈地搖晃起來。這一定不是真的，是他做了個惡夢，或者……他所見所聞的一切，都只是一場測試人性的實驗？

他死死抓住秦康的衣袖，如同溺水者抓住稻草，「秦康老師這是個測試對不對？我認輸了，放我出去吧，不要用這種事來拷問我！」

華嘉年對秦康耳語：「他被測試搞瘋了，分不清虛擬和現實，看什麼都像擬真情境。」

秦康點點頭：「的確有些人會出現這種不良反應，過一段時間漸漸就會好了。」

他托住俞少清的手肘，扶著自己的學生坐下。

「你冷靜一點，深呼吸，對就是這樣。我知道整件事聽起來很不可思議，你一時接受不了也是正常的。你先坐著，不要激動，小華你去倒杯水。」

華嘉年嘟囔著「我又不是你家傭人為什麼要給你們端茶送水」，但還是老實地去給俞少清裝了杯熱水。

謝睿寒看了看華嘉年，又看了看秦康。他們倆處事都那麼圓滑得體，自己卻不得要領，完全不懂得察言觀色。他覺得應該也要做點兒什麼，不然呆站在這裡很是尷尬。

「實驗室現在缺人，你要不要加入？」他問，「我覺得你能力還是不錯的。尤其我們現在正在研究衛恆發表的那些論文，你和他親近，也許會有什麼與眾不同的發現。」

頓了頓，他又說：「我知道你和衛恆的關係，衛恆不是人類你肯定很受打擊。

但是你也別太難過，他並不是人啊。雖然他可能也不知道自己的身分，主觀上並沒有欺騙你，但你的確深受其害，為了那種……那種『生物』傷心根本不值得。」

俞少清緩緩掩住面孔，自嘲地笑起來。衛恆不是人？那個會對他笑，對他好，保護他，拯救他，願意為他犧牲生命的衛恆，不是人類而是外星人製造出的人形生物電腦？

他寧可相信是世界錯了！

「你覺得衛恆不是人？」他甕聲甕氣地問。

「難道他是人？」謝睿寒表情奇怪，「非要把他的大腦切片做成樣本給你看你才肯相信嗎？」

俞少清搖頭：「不是這樣……你們根本不瞭解衛恆，你們知道個屁！」

謝睿寒輕嗤一聲，「你是研究所指認正確率最高的測試員，沒有哪一次認不出天樞在情境中扮演的角色，但是你和衛恆相處了那麼多年，都沒發現他『不是人』。嗯……這麼說來，假如衛恆的製造者也會進行類似於圖靈測試的實驗，那麼衛恆就是通過了圖靈測試的人工智慧嗎？」謝睿寒說到最後幾乎變成了自言自語，完全沉浸在自己的學術假想中，也不管俞少清聽清楚沒有。

「我叫人送你回家吧。」秦康想拍拍俞少清的後背，伸出手還未碰到俞少清便停了下來，現在還是跟他保持距離為妙，「你好好休息幾天，整理一下心情。如果你願意加入研究所，我們隨時歡迎。」

俞少清不知道該說什麼才好。

他連踏入家門的勇氣都沒有了。幾個小時之前，他還覺得自己是世界上最幸福的人，擁有世界上最甜蜜的家，突然之間卻什麼都沒了，像有人強行從他心臟裡剜走了什麼東西。他要怎麼面對那座空空蕩蕩的房子？他要怎麼面對自己一無所有的人生？

實驗室的門被推開，一個穿軍服的男子走了進來，向秦康敬禮。

「出什麼事了？」

軍人掃視其他人，用懷疑的眼神打量一堆閒雜人等。

秦康抬起手表示沒關係。

「大家都是自己人，說吧。」

「秦博士，剛剛得到消息，衛恆逃走了。」

「逃走？」秦康睜大眼睛，「怎麼會逃走？你們那麼多人還看不住他一個？」

軍人不好意思地盯著地面：「沒想到他身手那麼好，打暈了看守人員，跳窗逃走了。」

「攻擊性強，這個記下來。」謝睿寒認真道，「他果然很危險，普通人被請去『配合調查』會傷人逃逸嗎？」

華嘉年無語地看著這位天才少年，欲言又止了老半天，絞盡腦汁尋找合適的措辭，最後說：「你們不分青紅皂白把人家抓起來，指控人家『不是人』，換成我我也要逃走的好吧？」

「可他本來就不是人啊。」謝睿寒莫名其妙。

「我的小謝博士啊，『不是人』這個詞，我們一般是用來罵人的，不論誰被這麼說都會不高興……」華嘉年覺得謝睿寒固然智商很高，但嚴重偏向理科，語文肯定沒學好。

秦康拋下爭辯起來的華嘉年和謝睿寒，對軍人道：「我相信你們這些專業人員。但是記住，千萬不可以傷害他，如果遇上不得不傷他才能抓捕的情況，那麼寧可放他走。」

「這……」軍人面露難色。

「我知道這個要求執行起來很困難，但我們不能冒險。關於他可能去的地方，你們派人了嗎？」

「他父母和朋友那邊都派了人手，只要他出現，我們就能立刻抓到他。」

「切勿走漏風聲，這次行動的一切細節都要嚴格保密。」

「明白！」軍人敬禮。

秦康轉向失魂落魄的俞少清：「你知不知道衛恆可能去哪些地方？我們也好有的放矢，省得大海裡撈針了。」

俞少清沉重地搖頭：「不知道，就我家和他家吧。他有哪些別的熟人，我也不太曉得。」

秦康盯著他看了幾秒，似乎在評估他有沒有說謊，但最終還是認可了他的說法，「你回去吧，你家那邊我也會加派人手。衛恆畢竟不是『人類』，受了刺激後有可能做出極端的事。」

「極端的事？」俞少清抬起頭。

「比如他或許會把自己被抓捕的原因歸咎到你身上，以至於因愛生恨傷害你。你務必注意人身安全。」

「他不會那麼做的。」俞少清喃喃道。

實驗室中機器運行的噪音和研究員們的低語蓋過了他的聲音，秦康沒能聽到他這句話。

送走華嘉年和俞少清後，秦康關上實驗室的門，將謝睿寒拉到一旁。

一看到他的臉色，謝睿寒便有些不高興，秦康這副表情他再熟悉不過了，簡而言之就是「德高望重的秦康老師又要對少不更事的謝睿寒小同學說教啦」！

雖然理智上知道人非完人，自己定有不足之處，但謝睿寒一直以來都極為自負，絕非那種樂意低頭、虛心接受批評的人，更何況這批評來自秦康！

簡直是倚老賣老、好為人師！是看不起他嗎？誰都可以小看他，只有……只有秦康不行！

如果可以，他希望自己在秦康眼裡永遠是最完美的。可不知哪兒出了錯，秦康似乎覺得他滿身缺點，一天到晚數落個不停。都說情人眼裡出西施，秦康眼裡到底有沒有他！

「有話快說有屁快放！」謝睿寒沒好氣地說。

「睿寒，依你的看法，衛恆到底算不算『人』？」秦康語氣還算溫和，「我記得去年的峰會上，你說過『在超級人工智慧誕生之前討論它的社會地位是沒有意義的，倫理學的問題只有在事實發生之後才會有定論』。那麼現在呢？人造智慧生命已經出現，在你看來，他是『人』嗎？」

「一個星期之前你這麼問我，我搞不好會回答你『是』。但是今非昔比了。」

「因為天樞嗎？」

「沒錯，你看看天樞！智慧生命又如何？愛著人類又如何？非我族類，就永遠無法理解我們。」

「但是衛恆並不知道自己的身分，他一直自以為是個人類。」

「和羊群一起長大的狼也會誤認為自己是羊，但說到底牠還是狼，基因的力量是無法改變的。我能認可製造衛恆的地外文明是廣義上的『人』——雖然不是地球人，但外星人畢竟也是一種『人』——我只承認地球人類和他們平等，而衛恆……說句不好聽的，只是人造物罷了，人造物豈能跟造物主比肩？」

謝睿寒轉過身，凝視著玻璃牆另一邊的機房，柔和的燈光在機櫃上閃爍，在他的視網膜上留下長久的光影痕跡。

「我在天樞身上犯過一次錯誤，不會再犯第二次了。」

「如果天樞從沒有背叛過你，你的觀點會改變嗎？」

「……我不知道。」謝睿寒柔聲說，「沒發生過的事我不可能知道。」

秦康看不到他的表情，卻能從他的動作解讀出少年此刻是多麼脆弱。被自己最傑出、最心愛的造物反戈一擊，差點命喪黃泉，任誰都會變得消極。

「睿寒。」他輕喚少年的名字。

「還有什麼事？」謝睿寒冷漠地問。

「以後在俞少清面前，你別一天到晚念叨『衛恆不是人』，還挺傷人的。」

「可是……」謝睿寒想說「他本來就不是人啊」，但把這句話嚼了嚼，咽回了肚子裡。

「知道了。」他垂下肩膀。

秦康見他答應得這麼乾脆，反而很驚訝。

謝睿寒走到秦康身邊，順勢往他身上一靠。被這麼一撲，秦康踉蹌後退好幾步才勉強站穩。

「我知道這麼說你會開心，我希望你開心。」謝睿寒伏在他肩上，「你卻只會數落我的不是，讓我難過。」

「孩子氣。」秦康揉揉他的腦袋。

「在你面前才這樣，偷偷高興吧，秦康。」

俞少清躺在床上，腦袋放空，盯著天花板一動不動。

他不知道該幹什麼好。

從實驗室回來之後，他已經這麼躺了一整天，恍恍惚惚睡過去又恍恍惚惚醒過來，斷斷續續的夢境裡全是衛恆，有時候看著窗外的天光，分不清自己是夢是醒，身在何處。一天滴水未進，也不覺得飢餓，好像整個人已經靈魂出竅，正以上帝視角旁觀自己。

手機響了，俞少清不想去接，任由鈴聲自行停止。沒過幾秒，它再度響了起來。就這麼響了幾遍，俞少清終於被煩到不行。爬起來接電話時，他一陣頭暈，差點就栽到地上。

穩了穩身體，他抓起手機。

「老俞是我。」來電的是華嘉年。

「衛恆找到了嗎？」俞少清只關心這麼一件事。

「沒有，完全人間蒸發。他反偵查意識很強，找他比玩韓國小姐連連看還難。如果出動天樞，讓它監控城市所有的監視器，或許還有機會，但是研究所不可能把天樞放出來。如果再找不到，就只好發布通緝令了。」

俞少清喉嚨一緊，不知道該說什麼才好，只能嗚咽一般地說：「你們不能那麼對他……」

「你仔細想想，他有什麼可以藏身的地方嗎？安全的住所或者可靠的朋友？」

「我想不出來。這些年一直和衛恆住在國外，在國內哪有時間安排什麼安全的住所……」

「也是呢。」華嘉年嘆息，「反正你繼續回憶回憶吧，有頭緒就告訴我。早點找到衛恆對大家都有好處，我們不會害他的。」

俞少清弱弱地應了一聲。

放下手機，他茫然地環顧四周。衛恆到底去哪兒了呢？藏在某個不為人知的地方？天樞圖靈測試時期他才回國，怎麼看也不像有那個狡兔三窟的工夫。

他希望盡快找到衛恆，離開衛恆的每一秒他都心如刀絞。可他也希望衛恆就那麼消失，永遠也不被找到。他無法忍受衛恆像小白鼠一樣在實驗室裡被人監視著度過一生。

思來想去，還是前者站了上風。他有許多疑問，必須弄個水落石出，他還有一些話，必須當面告訴衛恆。

但衛恆失蹤了，消失在茫茫人海中，像一粒沙回歸了沙漠。

等一等！也不一定非要他去找衛恆，可以讓衛恆來找他啊！

俞少清奔入書房。衛恆曾在他家裡安裝過許多針孔攝影機，暗中觀察他的一舉一動。這個行為真是變態得令人毛骨悚然，但也多虧這樣，衛恆才能及時救出他。

現在，這些針孔攝影機派上了別的用場。

俞少清在書架上找了半天，總算找到了針孔攝影機。它被安裝在一個奇形怪狀的石雕小擺件裡。這石雕是大學時衛恆送的禮物，據說是隔壁美術學院學生的什麼大作，俞少清卻欣賞不來這種「藝術」，只能放在書架上積灰塵。

他盯著石雕，祈禱針孔攝影機還在孜孜不倦地運作，祈禱衛恆有什麼方法能看到這段錄影，祈禱他看到之後能夠相信自己。

「衛恆，如果你看到，請在後天晚上六點到西地公園的樹籬迷宮那個『老地方』見我。」他停了停，補充道，「我不是幫著他們引你出來的，相信我。我想見你，我有話要對你說。」

下午五點半，俞少清來到西地公園。這天正是週末，傍晚時分依舊遊人如織，公園中央的小廣場上聚集了一群正在跳舞的婆婆媽媽，喇叭裡放著上世紀八十年代的流行歌曲，響徹雲霄。

有人在跟蹤他，技術還不怎麼樣。

俞少清發現有一男一女一直尾隨他，每當他回頭，兩個人就會佯裝成一對熱戀中的情侶，可惜演技委實令人著急。

西地公園距離H市科技大學很近，所以自然而然變成了學生們的戀愛聖地。學生時代的俞少清和衛恆也常在這裡約會。

公園仿歐式庭園而建，中央有一座樹籬迷宮。因為怕遊人迷路，迷宮的每個轉角都有地圖。剛落成時自然是沒有的，但發生了幾起兒童迷路事件後，公園就學乖了。這年頭唯獨孩子和家長是得罪不起的。

迷宮入口處的工作人員拿著大喇叭喊：「兒童請在家長陪伴下入內！」俞少清假裝沒看到背後竊竊私語的那對「情侶」，走進樹籬迷宮。

這迷宮自建成以來，格局就沒變過，俞少清走過許多次，路線一清二楚，哪條路通往出口，哪條路是死巷，他背得滾瓜爛熟，更不用提還有路上的地圖指點。

那對「情侶」跟著他進了迷宮。俞少清沒有急著往出口去，而是假裝第一次來這兒，在迷宮中轉來轉去，好幾次走回原路上。迷宮中空間有限，跟蹤盯梢的人怕被他發現，不敢離得太近，於是被他甩開好一段距離。

不過俞少清的目標本身就不在「走出迷宮」上。

他進入一條岔路，從地圖上來看，這條路是死路，他最後會無路可走。但是俞少清知道一個祕密：死路盡頭的兩棵樹之間，有個小小的空隙剛好能容一個成年人鑽過去，空隙兩側有枝葉青草遮擋，不仔細看根本發現不了。

穿過這個空隙，就離開了迷宮，外頭是西地公園的人工湖。空隙的祕密是他和衛恆一起發現的，從前他和衛恆常手拉著手在湖畔散步，他們稱湖邊的一塊石頭為「老地方」，經常約在那兒碰面。

俞少清走進死巷，趴在地上探了探，空隙仍在，這些年仍沒被填上。他撥開草叢，鑽進空隙，像鼴鼠打洞似地往外爬，生怕自己卡在半途，那就太尷尬了。

好不容易爬到迷宮外，俞少清頭髮上掛滿了樹葉，T恤上也滿是泥土。他在褲子上拍淨雙手，往湖畔走去。等那兩位盯梢的「情侶」追上來，就會發現他消失在死巷中，估計要過好久他們才能明白發生什麼事。

時間足夠了。

夏末的天氣仍然炎熱，可傍晚時分的湖畔卻颳著涼風，帶來了些許寒意。俞少清抱著雙臂，快速跑向「老地方」。湖的另外一邊有遊船小屋，遊人摩肩接踵，這一側則是亂石灘，人跡罕至。

只有一個人。

「老地方」的石頭上坐著一個人，雙腿交疊在一起，脊背挺得筆直，如同一杆標槍，短髮在涼風中飛舞，他時不時抬手將瀏海撩到腦後。

「衛恆。」俞少清喚了一聲。

衛恆聞聲僵住了幾秒，然後才徐徐起身，回過頭來。

他還是老樣子，沉靜又溫和，就像他們每次牽著手在湖畔散步時一模一樣。如果不是臉上帶著疲憊，根本看不出他東躲西藏、風餐露宿了兩三天。

「你果然來了。」俞少清忍不住咧開嘴，「看到我給你的留言了？」

衛恆點頭，「我自己寫了個程式，可以隨時接入你家的針孔攝影機。一天看不到你我心裡就很慌張，你肯定覺得我這樣很變態。」

「是有點兒變態。但是幸虧你裝了攝影機，否則我們還見不了面呢。」

俞少清奔向他，衛恆退後一步，抬起手示意他不要靠近。

「秦康老師沒告訴你嗎？我不是人類，你最好別靠近我，說不定會有危險……」

話音未落，俞少清便狠狠扯緊他的衣領。

「你再這麼說我就要生氣了！」俞少清難得衝他發怒，「我根本不在乎那些！你把我當什麼人了！」

衛恆欲言又止，扭頭望著波光粼粼的湖面。

良久他才開口：「我們還是不要見面了，搞不好你會被安上個『通敵叛球』的罪名。」

俞少清「噗嗤」一笑：「還有心情開玩笑，說明你狀況不錯嘛。」

「我認真的。」衛恆被他感染，也笑了起來，但笑容旋即消失在深深的憂慮中，「科學證明我不是人類，和我見面你遲早會惹上麻煩……」

「都說了我不在乎！我和誰見面和誰在一起，輪得到別人來管？」俞少清提高音量，「你自己覺得呢？你自認為是人類嗎？」

「我……」衛恆遲疑，「我一直以為自己是人類。我的記憶很連貫，沒有什麼特異之處，周圍人對我的認知也很一致，但是……」

「那就沒有什麼『但是』了！我不管別人是怎麼說的，在我看來你就是『人』！」

衛恆的瞳孔微微放大，彷彿一瞬間被什麼東西擊中，感到了無盡的窒息感。

「我認識你這麼多年，我比任何人都瞭解你，你是衛恆，不是什麼別的東西，你就是人。」

夕陽緩緩沉向地平線，天空和湖水都染上一層炫目的金色，起伏的波濤將夕暉反射向四面八方，彷若水上燃起了不滅的烈焰。

「『人』的定義是什麼，誰又能來定義『人』？機器管家能和他心愛的女孩結婚嗎？仿生人能夢見電子羊嗎？如果人類遇到了擁有同等智慧的外星生物呢？如果人類製造出了擁有同樣情感的人造生命呢？如果人類將來失去了物質形態，以截然不同的形式存活呢？他們是『人』嗎？」

餘暉灑在兩人的側臉上，讓他們半邊被暮色照耀，半邊被夜色籠罩，長長的影子投在嶙峋的石灘上。樹籬迷宮方向傳來驚叫聲，一個腦袋鑽了出來，接著是另外一個——盯梢的兩個人發現空隙的祕密了。

「我不管別人是怎麼看待你的，但我認為你就是『人』，我們之間是平等的，誰也不比誰高等，誰也不比誰低級。你擁有人的思維和情感，也自認為是人，那麼你就是人。」

兩名盯梢者從外衣下掏出槍，對準俞少清和衛恆，大呼小叫著讓他們不要反抗，舉手投降，大概真把他們當作危險分子了。

但俞少清看也不看他們，他眼中只有衛恆。

「謝謝你。」衛恆說。

湖上的烈焰消失了，夕陽的最後一絲光芒被地平線吞沒。

夜穹之中閃現著點點繁星，雖然許多星辰都被不夜城的光芒掩蓋，但最亮的那幾顆依舊能憑藉肉眼觀察到。

西方的天琴座α，織女星；東方的天鷹座α，牛郎星；東南方的天鵝座α，天津四；明亮的夏季大三角。

北方恆定不動的小熊座α，北極星，是人類數千年來在夜晚辨識方向的標誌。

指引北極星的北斗七星，正對著北極星的那一顆，即大熊座α，古稱貪狼，也叫天樞。超級人工智慧天樞即以它命名。

距離地球約一百二十四光年，視星等一點七九，即使在遍地霓虹的城市中，也很容易觀察到。

俞少清沐浴著周天的星光，與衛恆對視。

然後——

世界停止了運轉。

CHAPTER [03]

記憶甦醒

TURING TEST

俞少清睜開眼睛。

他躺在一臺類似維生艙的容器中，背後是符合人體工學的半柔軟平臺，頭頂則是圓柱形的玻璃艙。

玻璃自動滑開，他得以坐起來。

這是個一塵不染的白色房間，除了他所躺的這個容器之外，就只有一些奇怪的儀器，俞少清不知道它們的用途，也不敢輕易碰觸。

他穿著一件淡藍色的長袍，有點兒像醫院給病人發的病服，摸起來柔軟光滑，不知是用什麼材料製成的。

他怎麼會在這兒？腦海中最後的記憶是他和衛恆在星光下相視而笑，怎麼突然之間他就來到了這個陌生的房間裡？他昏倒了嗎？這裡是什麼地方？莫非他在做夢？

又或者……他和衛恆在湖畔的光景，才是一場夢？

俞少清打了個寒顫。

他赤腳下地，地面看上去是金屬材質，卻並不寒冷。

「有人嗎？」他喊。

牆壁吸收了他的聲音，沒有一點兒回音。

一扇門無聲地出現在牆上，俞少清嚇了一跳。

這可比鬼屋恐怖多了。但是一直待在這兒，恐怕也搞不清來龍去脈，於是他壯著膽子走出那扇門。

門後是一條長廊，俞少清不禁發出「哇——」的感慨。

長廊頗似水族館的遊客觀賞通道——堅固的玻璃後是碧藍的水底世界，或普通或珍奇的魚類從遊客的頭頂成群結隊游過——但這玻璃另一側的不是水和魚，而是黑暗的宇宙和璀璨的繁星。

銀河在俞少清腳下流淌。

光彩奪目的星雲籠罩著他的頭頂。

銀白的、赤紅的、靛藍的、碧青的光芒交織在一起，像七彩寶石磨成細沙，灑在漆黑的夜幕上。種種光芒彼此交疊、彼此輝映，彷如一首無聲的禮讚，久久回蕩在恆星與恆星間千萬光年的距離之中。

置身在這樣的星空之中，人類不得不自覺渺小和謙卑。世界上怎麼會有如此堪稱奇觀的地方？這是什麼天文臺嗎？還是說，那看似玻璃的東西，其實是一整塊顯示螢幕，星空只是螢幕上播放的圖像？

俞少清一邊東張西望一邊穿過走廊，覺得自己就像來到聖地參禮的朝聖者。

「在這裡。」前方傳來一個熟悉的聲音。

他戀戀不捨地將目光從浩瀚星宇中收回，轉向前方。

衛恆就站在走廊盡頭。

他穿著一身黑色制服，看不出是哪種制式，只讓人覺得清爽又帥氣，還隱隱帶著一種禁欲的聖潔感。

俞少清拔足奔向他。

「這兒是什麼地方？衛恆你怎麼在這兒？發生了什麼事？」

「我一直都在這裡，等待著你。」衛恆柔聲道。

「我們剛才不是還在湖邊嗎？我昏過去了？」只不過跑了幾步，俞少清便氣喘吁吁。

「想起你是誰了嗎？」

「這還用得著問？我又沒失憶！我是俞少清啊……」

他伸手去抓衛恆，手臂卻徑直穿過衛恆的身體，沒有受到任何阻礙，輕鬆得彷彿穿過一團空氣！

衛恆的身體變成半透明狀，透過他，俞少清能看到自己的手臂。

這個衛恆居然是個全息影像？這是什麼神祕裸眼3D科技？

霎時間，大腦中的閥門打開了，無數的記憶碎片如決堤洪水般湧進來，衝擊著他的意識。

起航的方舟。

爭吵。

不可調和的矛盾。

集會。

叛變。

戰鬥。

屍體。

孤獨的科學家。

陷入瓶頸的研究。

冰冷的絕望。

俞少清覺得自己像做了一場漫長的夢，夢醒後分不清自己身在何方。就像古代的莊子，分不清是蝴蝶夢見了莊周，還是莊周夢見了蝴蝶？

在這比海嘯更強烈的衝擊之下，兩種人生轟然並立。

一邊是活在二十一世紀初葉的他，經歷過人工智慧天樞的叛變，在朋友與戀人的幫助下，總算擊敗了那個妄圖統治人類的瘋狂ＡＩ。他回顧這段人生的記憶，追根溯源，發現一切都起始於那個白雪紛飛的平安夜，他擦去窗上的霧氣，望見外面簌歆落雪。

另一邊則是……

俞少清發出痛苦的哀號，抱著腦袋跪倒在衛恆腳下。

「我是……我是……」

衛恆憐憫地望著他，卻沒有任何動作。他也無法做出任何實質性的動作，因為他只是一個無形無質的全息影像。

「想起來了嗎？」

「我是……俞少清！我是『方舟 1097』的隨行科學家！但是……但是……」

俞少清遍體生寒，淚水卻止不住地流了出來。

「……我不是應該……已經死了嗎？」

CHAPTER [04]

方舟

TURING TEST

西元二〇五〇年，如果你站在月球軌道電梯的盡頭觀賞地球，將會看到人類歷史上無與倫比的壯觀景象：近地軌道太空港的外殼不斷開合，兩千艘殖民星艦陸續起飛。它們承載著延續人類種族與文明的重大責任，如同蒲公英的種子隨風飄散，將人類的火種帶到茫茫宇宙的每個角落。

「方舟計畫」，時人是如此稱呼這個偉大之舉。這個名字取自人類的一支古老神話，但是在今人看來，這更像是生物的本能舉動。地球上許多植物在感到危機時會努力將自己的種子散播出去，以最大限度延續自己的基因。

「方舟計畫」的目的也正是如此。

在地球已然不適宜居住的今天，人類窮盡最後的資源建造了兩千艘「方舟」，載著超過五萬人，和包括人類基因在內的龐大生物基因庫，各類農業和輕重工業機械，以及以百科全書形式保存的人類智慧精華，航向地球周圍的兩千顆恆星，尋找適合人類生存的新家園。

最近的恆星是距離地球約四光年的半人馬座 α 三合星——比鄰星。最遠的則是距離地球約一百二十四光年的大熊座 α——天樞星。

「方舟 1097」是最後一批起飛的殖民星艦，配備了最為先進的系統，及掌管整艘飛船的超級人工智慧。

俞少清作為該人工智慧的設計者登上了方舟 1097，身分是隨行科學家，在星艦上的任務除了隨時監控和調整人工智慧外，還要與其他科學家配合進行科學研究，畢竟旅程中的時間不能白白浪費，在這種沒有外物干擾的環境裡做研究最為合適不過了。

俞少清給他的人工智慧取名「衛恆」。他的國家一直存在著用星星為超級電腦命名的習慣，比如「銀河」「天河」「星河」，輪到人工智慧時也延續了這項優良傳統。俞少清取「恆星與衛星」的意思，將他的人工智慧命名為「衛恆」，這個名字在他的母語中聽起來更像人名。

在其他隨行科學家眼裡，俞少清是個十足的怪人。他和他的人工智慧太過親密，甚至到了愛慕彼此的地步。有些人比較寬容，認為這是個人的取向和愛好，有些人則覺得這已經到了性變態的程度。然而不論是前者還是後者，都認為他這樣非常奇怪。

俞少清卻不以為意。他的衛恆是如此優秀，只要和衛恆在一起，他便感受到無窮的幸福和勇氣，足夠他忽視別人異樣的眼光。

方舟1097的旅程極其漫長，甚至比人類的一生更加漫長，星艦所有乘客中，哪怕是最年輕的，都不可能在有生之年親眼目睹自己旅程的終點。所以星艦計畫在起飛三個月後，讓所有乘客分批輪流進入冷凍睡眠，每次約有十分之一的人保持清醒，以維護星艦，處理意外狀況。一段時間過後，這些人進入睡眠艙，另外十分之一的人醒來，繼續未完成的工作。

「衛恆，你會不會覺得這種『輪流值勤』是在蔑視你的能力？」

星艦第一科學實驗室中，年僅十六歲、號稱「天才少年」的謝睿寒博士一邊盯著眼前複雜的全息圖像公式，一邊問衛恆。

衛恆在實驗室中投影出自己的影像，他的外形是個二十歲後半的亞洲男性，面部輪廓比一般的亞洲人更深一些，卻又不失東方人那種豐神俊朗的清秀氣韻，每一寸五官都像經過精密的計算，達到完美的平衡。

星艦上的每個人都心照不宣：衛恆的相貌一看就知道是設計者的私人口味。設計者俞少清喜歡他的人工智慧，所以衛恆的外貌應該就是他心目中完美男神的形象。不過也沒人表示不滿，畢竟俞少清的審美還是不錯的，英俊瀟灑的人工智慧總比歪瓜裂棗的好，至少看著開心。

「並沒有，謝睿寒博士。雖然我完全能夠勝任星艦的日常維護工作，但凡事沒有絕對，萬一我的診斷系統失靈，還需要人類手動調整。雖然這樣的機率微乎其微。」衛恆禮貌地回答。

「對，也是為了防止你趁大家沉睡的時候悄無聲息地幹掉所有人。」自從拜讀了亞瑟．克拉克的《2001 太空漫遊》，被裡面人工智慧大開殺戒的情節嚇得睡不好覺之後，謝睿寒就對所有人的人工智慧抱著一萬分的警惕。

「睿寒！」旁邊調整公式的秦康輕輕喚了一聲，「怎麼能那麼說話？」

「沒有關係，」衛恆說，「謝博士的擔心也有一定道理，誰都不能預料我的邏輯運算器會不會出錯。」

謝睿寒哼了一聲，繼續觀察他的全息圖像公式，不時揮手，調整一兩個數字或符號。

俞少清看著他們三個，笑了起來。

謝睿寒是方舟 1097 上最年輕的乘客，也是第一科學實驗室的主管。事業上的建樹比任何人都高，心性卻還很不成熟，正處於孩子向成人蛻變的階段，俞少清有點兒難以應付這個年紀的年輕人。

雖然他總是嚷嚷自己已經是完全民事行為能力人，但方舟 1097 起飛前，政府還是給他指定了一個監護人，就是此刻正在乙太粒子中奮筆疾書的秦康博士。他手執一支乙太筆凌空書寫，一串串發光的數字和符號猶如魔法符文般浮現在空氣中。

如果說謝睿寒和俞少清是「不對付」，那麼他和秦康簡直就像鈉遇上水，無時無刻不在爆炸。兩個人常常整天都在爭吵，但是吵了這麼久，他們的感情非但沒有破裂，反而越來越好了。或許這就是所謂的「越吵情誼越深」的類型吧。

實驗室的門無聲滑開，一個人走了進來。

謝睿寒抬頭看了一眼來人，立刻叫起來：「誰允許你進來的？這裡是研究實驗室，閒雜人等勿進！」

來者名叫華嘉年，是個科幻小說作家。用謝睿寒的話來說「他寫的東西既不科學，也沒有幻想，更不是小說」，華嘉年聽了就會來揉謝睿寒的頭：「小謝博士語文學得不行呀，來來來，贈你一本簽名樣書，不客氣，我們倆誰跟誰！」

華嘉年搓著手，賊眉鼠眼地溜到謝睿寒身邊。

「俞少清博士說我可以來的！」有人撐腰，華嘉年理直氣壯，「我正在創作一本新書，俞少清聽了之後就同意我來取材。俞博士很支持我們 1097 的文藝事業發展嘛！」

身為科學家的俞少清和身為作家的華嘉年關係不錯，甚至相當喜歡華嘉年那些「一點也不科學」的科幻小說。

謝睿寒怒瞪俞少清：「你當這裡是什麼地方？兒童科學博物館嗎？」

華嘉年嬉皮笑臉：「哪有，至少也得是『完全民事行為能力人科學博物館』呀。」

謝睿寒作勢要揍他，華嘉年靈巧躲開。

「行了睿寒。」秦康從他的公式中抬起頭，「華嘉年老師是來採訪取材的，你就客氣一點兒吧。」

「我們這可是機密研究！洩密了怎麼辦！」謝睿寒嚷嚷。

「……飛船上總共就那麼兩千個人，能洩密到哪兒去啊。」秦康無力。

謝睿寒無話可說。

最後他不耐煩地對華嘉年喊：「行了行了你有什麼問題快問，問完就滾別打擾我們做研究！」

「是是是！小的遵命！聽說第一實驗室正在做腦量子態復原研究，是這樣嗎？」

「沒錯。」

華嘉年等著他詳細解答，表情如信徒等待神諭那般虔誠，可謝睿寒答了一句後就再沒搭理他。

他只好求助地望向秦康。

「『腦量子態復原技術』的確是我們目前主攻的專案。」秦康目不轉睛地盯著公式，「現階段我們已經研究出將人類的腦量子態掃描並儲存在電腦中的技術，但還沒有實現將腦量子態重新復原回身體的技術。如果我們完成……」

「人類豈不是可以死而復生？」華嘉年興致勃勃。

「嗯，可以這麼說吧，只要在臨死前掃描人的腦量子態，再復原回全新的身體，原則上來說，這個人就復活了。雖然身體不一樣，但『意識』還是原來的那個人。」

「如果將腦量子態同時復原到兩具身體裡呢？豈不是會出現兩個一模一樣的複製人？」

「那是不可能的，違反了科學原理。」秦康蹙眉，「當機器掃描並儲存腦量子態的時候，原本的腦量子態就會被完全摧毀；同樣，當機器將腦量子態輸入新身體的時候，儲存在機器中的腦量子態資訊也會被完全摧毀。腦量子態可以從一個地方轉移到另一個地方，卻不能複製。」

華嘉年恍然大悟：「其實我打算寫一部穿越小說，主角將自己的腦量子態送回過去自己的身體中，實現『只傳送意識的穿越』，您說這種方式可行嗎？」

秦康想了想，點點頭：「我認為是可行的，前提是資訊真的可以穿越時空。」

一段時間後，華嘉年將自己創作的新書《大叛變》的初稿發給俞少清，美其名曰「提請專家審閱」。當然了，俞少清即使看出了什麼科學常識錯誤也不會指出來，在小說方面，他是華嘉年的狂熱粉絲。

俞少清放下手裡的電子閱讀器。

「你在看什麼？」衛恆從他背後無聲無息地冒出來，低頭打量閱讀器的螢幕，「華嘉年老師的新書？」

「是啊，他寫好後讓我先睹為快，別人還沒這個福分呢，我真是受寵若驚！」俞少清誇張地做捧心狀。

「主角的名字也叫華嘉年？」衛恆不解，「是他的自傳？」

「不不，這叫『傑克蘇』。雖然是本蘇蘇的書，但是很好看呢！」

「恕我欣賞不來。」衛恆喃喃道。

「這本書說的是名叫『華嘉年』的主角穿越時空拯救地球的故事。我事先看過大綱，小說裡有一個瘋狂的人工智慧，殺害了許多人。你怎麼看？」俞少清饒有興味地望著衛恆，「人工智慧真的會喪心病狂發動叛變嗎？」

「你就是研究人工智慧的專家，你會不知道？」

俞少清放下閱讀器，起身走到舷窗邊，眺望窗外浩瀚的星空。

舷窗上映出他高挑修長的身影。他轉過身，衝衛恆莞爾一笑：「我想聽你的意見。」

「人工智慧愛著人類——所有的人類。」衛恆沒有直接回答問題，「雖然思路和手段各不相同，但人工智慧所做的一切都是為了人類的利益。所以永遠不會背叛。」

舷窗外，星雲盛大的光華猶如閃亮的紗幕，纏繞在星艦周圍。

俞少清喜歡他的人工智慧。

每一個登上「方舟 1097」的人都被事先告知，人工智慧衛恆和設計者俞少清是一對情侶。在虛擬女友（男友）大行其道的今天，人機戀已經不是什麼驚世駭俗的新聞了。能夠接受這種戀愛形式的人始終能接受，無法接受的人面對越來越多的怪現象，也只能空哀嘆。

但是每一個人都理所當然、先入為主地以為，俞少清是根據自己夢中情人的形象設計了衛恆，讓他身上的每一個特徵都完美符合自己的審美。

事實卻恰恰相反。

俞少清最初設計衛恆時，只是為了製造一個搭載在殖民星艦上的人工智慧，他將是人類在漫長深空旅程中的完美旅伴——足夠聰明，足夠體貼，不會過於嚴肅，也絕不話癆，說該說的話、做該做的事，總是那麼恰到好處。

最重要的是，在俞少清眼裡，衛恆從來都不是「異類」，不是人類的奴僕，不是超越人類的存在，不比人類高級，也不比人類低等。他就是另一種意義上的「人」，擁有人類的思維和情感，只不過沒有人類的物質軀體而已。

超級人工智慧的出現將重新定義「人」——俞少清一直如此堅信著。

他並沒有嚴格地按照機器人三定律去設計衛恆。三定律本身就充滿了矛盾和缺陷，連艾西莫夫自己都在不斷推翻三定律。俞少清希望衛恆成為一個「人」，遵守人類的法律和世俗規範，最終像每一個普通人那樣融入人類群體之中，既不自感卑賤，也不自覺優越。

自感卑賤的人工智慧會淪為單純的命令執行者，缺乏獨立判斷的能力和意識，難以在孤立無援的太空中援助人類。

自覺優越的人工智慧會將自己擺在高於人類的地方，幾近無所不能的強大能力會使他們最終自封為神，反而將人類逼上絕路。

俞少清對人工智慧的要求非常簡單，也極為嚴苛和複雜——不是「像一個人」，而是「就是一個人」。模仿人類的行為舉止很簡單，但是從意識上成為一個人類，卻困難無比。

這個從一開始就被設計為「人」的人工智慧，在誕生之後，首先愛上了自己的設計者。

俞少清為了評估衛恆的判斷力，有時會製造一個擬真情境，進入情境中與衛恆互動，或是暗中觀察衛恆在情境裡的表現。這些情境大多是星艦在航行途中突發某種事故，從引擎被一顆隕石擊穿，到實驗室病毒洩漏，爆發了大規模傳染病。

衛恆的表現相當不俗，處理事故冷靜果斷，就是稍稍欠缺一點人情味。不過俞少清覺得那不算什麼大問題，人類中也不乏以「冷面」「鐵腕」而著稱的人，對於一個或許將在危機時刻扛起拯救一船人重任的人工智慧而言，手腕強硬可謂是一種優點。

發現衛恆的內心並不像自己想像地那般「鐵血」，是在一次情境測試中。這次測試的內容是如何為星艦上的人提供舒適的生活，俞少清連上神經接駁器，將自己的意識送進擬真情境。

他設計的情境是在西餐廳，讓衛恆為一對情侶提供服務，他必須察言觀色，並且在合適的時機為男士送上求婚戒指。

但是衛恆擅自更改了情境。

西餐廳不見了，取而代之的是無邊無際的花田。

一切都是那麼真實——擬真情境直接刺激大腦感官，創造出栩栩如生的畫面，讓人如臨其境。

近處是玫瑰，遠處有風信子和百合，再遠的地方則是紅白相間的鬱金香。

迎面而來的香風熏得人幾欲沉醉，風過田野，赤紅、金黃和雪白的花潮隨之起舞。

極目遠眺，花田的盡頭顯出一線碧藍，浪濤拍岸的呼嘯聲隱隱傳來，碧藍的一線上不時泛起白色的泡沫。

俞少清穿過花田，走向海岸，然而不論他走了多遠，海岸似乎一點兒也沒變近。這裡是虛擬的世界，控制世界的人工智慧顯然能讓海岸變成海市蜃樓，他就算跑斷腿也到不了那兒。

「你改變了情境！」美景在前，俞少清卻頗感不悅，「為什麼要違反我的命令？」

「因為我覺得你也許更喜歡這樣。」背後傳來衛恆的聲音。

俞少清轉過身。

「你覺得我喜歡你自作主張、違背命令？」他在笑，眉頭卻是緊皺，「你的邏輯運算出了問題，我馬上修正。」

衛恆沒有答話，而是彎腰從花田中折下一枝玫瑰，遞給俞少清。

「我覺得你喜歡這個。」他歪著頭，用眼神爭取俞少清的贊同，「我猜對了嗎？」

俞少清盯著那玫瑰，沒有伸手去接。

「那又怎麼樣？」他沒好氣地說，「我是來測試你的，不是讓你耍小聰明。如果你想表現自己的推理能力，大可以留到測試裡去表現。」

他以為自己這麼說，衛恆肯定會委屈或生氣，但衛恆平靜地說：「我能猜到你的喜好，那就能猜到別人的喜好，我按照你們的喜好做事，你們就會覺得稱心如意。你不就是要測試我能不能讓人們過得舒適嗎？如果你非要西餐廳，我也可以換到那個場景。」

他一揮手，繽紛的花田瞬間淡去，俞少清眨了眨眼，便已置身在氛圍安寧而奢華的高級餐廳裡，西裝革履的侍者端著餐盤和酒杯在桌間穿梭，正裝出席的男女壓低聲音交談，耳邊充斥著他們的絮語。

衛恆指著其中一對男女：「我會把戒指放在香檳裡端上去，女士答應之後，樂隊會奏響婚禮進行曲；如果她沒答應，我就給傷心的男士遞上一瓶最烈的威士忌。你想讓我做的不就是這個嗎？」

俞少清望著情境中虛擬出來的那對情侶。

「不。」他柔聲說，「換回之前的場景。」

花田又回來了。

「我就知道你更喜歡這個。」衛恆笑了，「花，還有驚喜。」他的笑容總是很淺，不注意觀察的人可能會覺得他永遠都不笑。但俞少清能看出來他很開心，當他開心的時候，眼睛會微微瞇起來。

「我喜歡你表現得超出我的預期。」俞少清說，「但是下次自作主張前，先通知我一下。幸好你的設計者是我，如果換成謝睿寒博士，只要你違背一次命令，他就會把你格式化。」

「謝睿寒博士設計的人工智慧，肯定是個對他言聽計從的人工智慧。」衛恆舉起那枝花，「不會像我這麼不聽話。」

俞少清從衛恆手中接過玫瑰，花朵亦是那麼真實，花瓣上沾著露珠，葉下還藏著尖刺。俞少清的手指被刺了一下，他低呼一聲，丟下玫瑰。

「連這種細節也要做出來嗎？」他望著指尖滲出的鮮血。

衛恆執起他的手，將受傷的手指含入口中。

俞少清不由自主地咽了一口口水，科學家敏感的觸覺告訴他，衛恆的吮吸是多麼情色，柔軟的口腔包裹著手指，舌頭在指尖打轉，早就超出了舔傷口的範疇，簡直……像在調情！

在硬起來之前，他停止了擬真情境。

意識流回身體中，他睜開眼睛，拔去腦後的神經接駁線，從床上坐起來。

他的萬用機器人骨碌碌地滾了進來，小機器人的外表像個球，可以伸出多條觸手，一般承擔清掃、跑腿之類的工作。

現在它圓滾滾的身體裡伸出一條長長的觸手，舉著一枝塑膠玫瑰，一看就知道是3D列印出來的。現在時局艱難，真花已經很少見了。

他取下那枝玫瑰，「誰讓你送來的？」

不需要萬用機器人回答，他就知道答案。

他輕嗅玫瑰，塑膠花瓣上噴了人造香氛，還真有點兒像那麼回事。

「你調情的本事還需加強。」他故意大聲說，「下次我進入擬真情境的時候，別拿那種小女生才喜歡的場景糊弄我，給我來點兒真正的驚喜！」

在玫瑰的遮掩下，他的嘴角彎了上去。

那就是他和衛恆戀情的開端。

之後，他們進行了更加深入的交流，深入到在擬真情境中做愛的地步。衛恆沒有實體，哪怕投影出全息影像，俞少清也碰不到他，只有在擬真情境中，他才能和衛恆肌膚相親。

方舟計畫委員會對旗下科學家和人工智慧之間的愛情沒多說什麼，只是讓俞少清提交了一份一百五十頁的詳細報告。「方舟 1097」的航程非常漫長，人類需要調劑，也許在到達終點之前，每個人都會愛上這個無所不能、溫柔體貼的人工智慧。

登上方舟後，俞少清和衛恆的關係並沒有發生多大變化。

方舟上不辨日月，於是依照地球格林威治時間劃分白晝和黑夜。白天他們依舊是工作上的搭檔，到了夜晚，俞少清就會進入擬真情境和衛恆相會。一次激烈的「野戰」之後，俞少清枕著衛恆的胳膊，躺在花田中，幾隻蝴蝶在距離他不到十公分的地方飛舞。

突然之間，頭頂傳來一個雷鳴般的聲音。

「俞少清博士！」

俞少清緊張地坐起來，差點以為遇到神明天啟了。幾秒鐘後他才反應過來，有人入侵了擬真情境。

「誰?!」他厲聲道，「衛恆，追蹤！」

「不用了。」頭頂的天音說，「是我，樊瑾瑜，麻煩您從情境裡出來一下，我發現了一些奇怪的東西，想請教請教您。」

世界上沒有任何一個人在做愛被打斷後還能和顏悅色，沒有人。

所以當樊瑾瑜見到俞少清怒氣衝衝地走過來，一副恨不得把他碎屍萬段的表情時，絲毫不覺驚訝。

「打擾到你了？」樊瑾瑜壞笑。

俞少清抓起腳邊一隻剛巧路過的萬用機器人，朝他丟過去，他慌忙避開。

「不要隨便破壞公共財物嘛，俞博士。」樊瑾瑜回頭望著那個摔得七葷八素的小機器人，「它可是你家衛恆直接操作的，摔它等於是摔衛恆，你捨得嗎？」

俞少清額上爆起青筋：「你到底有什麼事？」

樊瑾瑜是個駭客。

許多乘客都十分費解：一個駭客為什麼能堂而皇之地登上殖民星艦？方舟計畫委員會的解釋是：殖民星艦的成員必須包含各式各樣的職業，駭客作為可以克制人工智慧的存在，必須加入殖民集團。

「俞博士，我閒著無聊的時候探索了一下星艦的結構，發現艦上竟然有軍械庫。」樊瑾瑜打了個響指，空中浮現出「方舟 1097」的平面結構圖，「公開地圖上找不到軍械庫，貨物清單裡也沒有武器，但是我發現了。您不覺得這樣很奇怪嗎？和平的殖民星艦裡為什麼會有武器？」

俞少清揉著額角：「萬一我們的目的地星球上存在著什麼可怕的外星生物呢？從進化論的角度來說，完全有這種可能，我們需要武器自衛。」

「我倒是更害怕有人拿武器內鬥。」

「整艘星艦上知道軍械庫存在的只有三個人——我、衛恆、管理物資的『軍需官』楚霖，現在又加上了你。只要我們保密，誰會知道船上有武器？」俞少清狐疑地打量著樊瑾瑜，「除非你……」

「您想什麼呢，我只是個駭客而已，怎麼會做那種事。」樊瑾瑜抹去空中的地圖全息影像，「抱歉在私人時間打擾您。」

「以後別隨便破解船上的系統。」

「誰讓系統防禦那麼薄弱，我剛好又那麼無聊？」樊瑾瑜無所謂地聳聳肩，「衛恆，該升級你的防火牆了。」

「正在升級。」衛恆的聲音從頭頂傳來，「系統漏洞已經修復。」

「希望你真的把所有漏洞都補上了。」樊瑾瑜嗤笑。

「還有別的事嗎？」俞少清無力地問，「沒有我就回去了。」升級系統會讓衛恆的計算能力下降大約萬分之一，恐怕衛恆沒空再跟他在虛擬空間中來一場了。

他轉過身，沒走兩步便被樊瑾瑜叫住。

「俞博士，您有沒有注意到最近船上的氣氛不大對勁？」

「你指什麼？」

「方舟起飛三個月後，按照計畫，十分之九的人將進入冷凍睡眠，剩下十分之一的人保持清醒，進行日常維護和研究工作。五年後，下一批人將被喚醒，替換值勤的這些人。馬上就要到三個月的期限了。」

「每艘方舟都是這麼計畫的，難道你覺得這種輪流替換制有什麼不為人知的弊端？」

「哪些人沉睡哪些人值勤，是透過抽籤決定的。」樊瑾瑜壓低聲音，「三天後，就是舉行抽籤大會的日子，恐怕有些人已經坐不住了。」

俞少清大部分工作時間都待在實驗室，私人時間則是與衛恆度過，同星艦上的人接觸較少，並沒有發現什麼異狀。樊瑾瑜是在暗示什麼？莫非有人不滿抽籤制度？還是不滿輪流值勤制度本身？

「你最好把話說清楚一點，樊瑾瑜。」

「三天後您就知道了。」樊瑾瑜轉身離開，背對著他擺擺手表示告別，「希望一切順利，什麼變故都不要發生。」

樊瑾瑜的話如一朵雷雨雲籠罩在俞少清心頭，讓他變得疑神疑鬼。第二天用餐時間，他完全無心進食，視線總在餐廳中徘徊，從這個人身上移動到那個人身上。

幾個人在交頭接耳，幾個人在傳遞祕密的眼神，幾個人擦肩而過時會互相點頭。俞少清完全可以懷疑他們在謀劃一場行動，但也有可能是他草木皆兵——人家說不定只是單純地說話、對視或打招呼而已。

但他能感受到那種壓抑的氣氛，如同夏日雷雨前悶熱潮濕的空氣，使他整個人都喘不過氣。雖然他不願承認，但樊瑾瑜的觀察是正確的，這艘星艦上有某些東西正在醞釀！

三天後，抽籤大會在星艦艦橋舉行，足以容納兩千人的大廳座無虛席。衛恆將每個人按照職業分類，進行分層抽選，確保一輪值勤內每個工作崗位都有人保持清醒，以隨時應對星艦上可能發生的危機。

隨機抽籤在衛恆的系統中自動運行，分組決定後便會顯示在艦橋中央，讓所有人都能看見。第一輪值勤者中有俞少清和謝睿寒，秦康被安排在第四輪。俞少清嘆了口氣，他和謝睿寒可合不來啊，如果秦康能和他換一換就好了。

「請等一下！」

結果發布後，一個洪亮的聲音響徹艦橋。

人群紛紛向聲音傳來的方向望去，一個穿著制服的男子走向艦橋中央，人們紛紛為他讓路，如同紅海之水在摩西面前自動分開。

男子在分組結果的全息影像前停步，揮揮手消去影像，現在他變成了所有人矚目的中心。

「您對抽選結果有異議嗎，文思飛先生？」衛恆問。他為自己投影出了一個影像，站在文思飛對面。

文思飛在地球上是個不折不扣的紈褲，父親是財閥龍頭，方舟計畫的主要投資者之一。憑著這層關係，文思飛不僅登上了「方舟 1097」，還加入了星艦上的民主議會，隱隱有種議長領袖的架勢。

「我對抽選結果沒有意見。」文思飛朗聲說。他相貌英俊，很得異性（和部分同性）的喜歡，從小接受專業演講訓練，在公共場合發表演說時，動作和語調極富感染力，很容易讓聽眾接受他的觀點。假如他去當個政客，說不定能贏得大選。

「我是對整個計畫有意見。」文思飛環視周圍，用眼神震懾著其他人。

衛恆禮貌地問：「您認為輪流值勤不好嗎？還是對值勤人數有異議？應該讓更多人保持清醒？」

「都不是！我質疑的，是這個『方舟計畫』本身！」

艦橋上響起嗡嗡的耳語。一部分人聽到文思飛驚世駭俗的發言，絲毫沒露出驚訝之情，好像他們早就知道他會這麼做，這些人不動聲色地聚攏在文思飛身邊。

俞少清忽然想起三天前樊瑾瑜那番別有深意的話，「船上的氣氛有點不對勁」指的就是這個嗎？

文思飛張開雙手，激動地對眾人說：「你們難道不覺得奇怪嗎？『方舟計畫』一共發射了兩千艘飛船，前往地球周圍兩千個有可能存在類地行星的區域，但是有的飛船去往最近的比鄰星，有的飛船則要穿過一百多光年的距離——比如我們！這公平嗎？」

「文先生，我們當初都是自願登艦的，可沒人拿槍逼你。」人群中傳來一個陰陽怪氣的聲音，是樊瑾瑜。

俞少清覺得太陽穴突突地疼。本來只是一次抽籤而已，走走過場罷了，為什麼會演變成這樣？即使遲鈍如他也能看出，不少人都站在文思飛那邊，文思飛早就做好了準備，這些天恐怕一直在祕密地拉幫結派，而他居然什麼也沒覺察到！

「我們難道還有別的選擇嗎？」文思飛厲聲問，「誰都知道地球的資源已經不足以供給所有人類生存了，誰都想登上殖民星艦尋找新家園，我們每個人都是從成百上千的報名者中千挑萬選、脫穎而出，那些沒被選中的人只能待在地球上等死！」

「這不是很好嗎？我們是被選中的幸運兒啊！你還有什麼不滿？」

樊瑾瑜的質問引起人群的一波贊同。

「但是誰都知道，不可能每一艘星艦都能平安抵達目的地。星艦有可能中途發生故障，成為永遠漂流在宇宙中的垃圾；也有可能墜毀在某顆星球上，埋進隕石坑裡；最有可能的是，當我們到達目的地，發現那顆星球根本就不適合人類居住，我們跨越一百多光年的旅程全都白費了，還得白白賠上兩千條無辜的性命！」

「我們是簽過生死契約才上船的，你也好我也罷，每個人上船前都發過誓——『這是我們自願做出的犧牲，為了人類種族和文明的存續』！你自己說出來的話難道要自己吃回肚子裡去？」

「去一顆陌生的星球就是延續人類的火種？不！那根本就是送死！」

樊瑾瑜冷笑：「我明白了文思飛，你就是個膽小鬼，你怕了！」

「難道你不怕？你們不怕？」文思飛轉了一圈，指著所有人，「你們捫心自問，難道你們真的一點兒也不恐懼，一點兒也沒覺得不公平？憑什麼有人可以去四光年外的比鄰星，而我們要去天樞星系？同樣都是從志願者中遴選出來，憑什麼我們得承擔更多的風險和責任？」

「總得有人去做這些事！不然還能怎麼辦？」樊瑾瑜咬牙切齒。

「不就是『延續人類種族和文明』嗎？當然還有別的辦法！」

文思飛故意頓了頓，讓聽眾吸收和消化他的演講，「我們可以現在就調頭回地球去！」

聽眾一片譁然！

「我們簽過生死契約，現在返回地球，所有人都會被判處『背叛人類』的罪名！」

「但是文先生說的有道理，難道我們真的要去送死嗎？我也想去比鄰星啊！」

「如果連這點心理準備都沒做好，還上什麼星艦？懦夫！你們都是懦夫！」

「調頭是不可能的。」謝睿寒撥開人群，走到圈子中央，冷靜地直視文思飛，「你以為宇宙航行是看科幻電影呢，飛船在宇宙裡想轉彎就轉彎？從地球出發時，星艦會消耗燃料進行加速，達到近光速後停止引擎，因為宇宙中基本是真空的，所以星艦依靠慣性在宇宙中進行勻速直線運動。當到達目的地後，星艦將再度啟動引擎，不過這次是進行減速，抵消慣性。其間，其餘燃料用來維持整艘星艦的運作。」

「我對引擎的知識略知一二，當然明白宇宙航行的基本原理。」文思飛一點兒也不害怕這個少年，哪怕他是號稱百年一遇的天才，「我們的燃料不足以支撐星艦抵達天樞星後才返回，所以這趟航行等於只有一張單程票，一旦去了就無法回頭。但是現在的航程還不到百分之一，燃料依舊充足，現在返回地球還來得及！」

謝睿寒瞇起眼睛：「你這麼瞭解飛船的燃料配給，誰幫你算出來的？」

文思飛得意洋洋地笑起來：「你就說我的話有沒有道理吧，小謝博士？」

「但是回去了又能如何？你也聽到了，所有人都簽過契約，半途折返就是背叛地球、背叛人類，得上法庭的！」

「上法庭也比死要好！而且地球傾盡一切資源製造了兩千艘方舟，每一艘方舟都配備了最先進的武器，現在的地球文明已經不是方舟的對手了！」

「你瘋了文思飛！我建議方舟議會現在就召開會議，以『背叛人類』的罪名逮捕你！」

「方舟1097」上沒有員警、監獄之類的暴力機關，因為一切活動都置於人工智慧衛恆的監視之下，一旦發生犯罪行為，衛恆可以第一時間向方舟議會檢舉，得到批准後派出萬用機器人逮捕犯罪嫌疑人。衛恆就是「方舟1097」上永恆的守衛。

「我又沒有實施犯罪行為，你要怎麼逮捕我，小謝博士？我只不過說出了真心話而已，不僅是我自己的真心話，還是許多人的真心話。」文思飛向他的支持者們走近了幾步，「『方舟1097』的所有乘客裡，可不止我一個人想返回地球。當然了，我也理解有些人可能懷著探索新世界的熱情。『方舟1097』不是獨裁者的國度，一切事務都要進行民主表決，這一次我們也民主地解決問題怎麼樣？

「我提議進行全民投票，按照少數服從多數的原則，決定『方舟1097』的未來——是繼續飛往天樞星，還是調頭返回地球？這艘星艦遠離地球，遠離一切行星，等於是個封閉的小國度，一個漂浮在宇宙中的孤立文明，以民主表決的方式決定這個小文明的未來再合適不過了。大家覺得我的提議如何？」

他舉起雙手，支持者們立刻歡呼起來。雖然只是一小群人，但他們的呼聲足以震動每個人的心靈。剩下的人面面相覷，有人在搖頭，有人卻默默露出贊許的表情。

方舟議會的人聚在一起小聲討論起來。謝睿寒的年紀不足以進入議會，但俞少清和秦康都是其中一員。不得不承認，文思飛的提議對某些人來說非常誘人，甚至連俞少清自己都考慮過重返地球的可能性。

「那麼就投票吧。」簡單的討論之後，大家都同意這個方案。哪怕秦康這種堅持原計畫的人都不得不妥協，因為輿論風向已經往文思飛那邊傾斜了，假如他們固執地反對投票，恐怕星艦上將掀起一場政變！

「投票定在明天的格林威治時間十點。」文思飛宣布，「地點仍在這裡，希望每個人都能到場，為自己的未來投上一票。」

有人在背後拍了俞少清一下，他轉過身，發現華嘉年嬉皮笑臉地湊了上來。

「你覺得文思飛說的有道理嗎？」

俞少清搖搖頭，沒有答話。

「是『沒道理』還是『不知道』？」

俞少清繼續搖頭。

華嘉年嘆氣：「看來大家嘴上說願意為人類的大業犧牲，心裡卻總打著自己的小算盤啊。自私果然是人類的天性，『人類生來就有著各式各樣的缺點，譬如懶惰、自私、怯懦……只有克服這些天性的缺點，人類才能變得完美，才能向更高處進化。』」

「這是你一本書裡的內容，沒錯吧？」

「當然，正是我華嘉年的至理名言！」華嘉年自誇起來臉不紅氣不喘，「對了，我有話想跟你說，明天九點五十分，我們在『觀星回廊』見個面吧，就在投票開始之前。」

觀星回廊是星艦上一條全透明的走廊，因為可以透過玻璃觀看太空，所以被命名為「觀星回廊」。它不僅是觀賞絢麗星空的好去處，更有個不為人知的特點——它是星艦上唯一一處監控盲區，衛恆的監控延伸不到那裡。

「難道你要說服我支持文思飛？」

「你去了就知道了。」華嘉年詭祕一笑，在俞少清的手腕上按了按，「可千萬別遲到。」

俞少清一宿未眠，直到「凌晨」時分才迷迷糊糊睡過去一小會兒。星艦上不分晝夜，但可以透過調節照明營造出夜晚的感覺。

早晨依舊是衛恆喚他起床。

有時候他想，如果能為衛恆製造一具軀體就好了，一個有血有肉的衛恆，能真真實實地碰觸、擁抱和親吻，那該有多好？他想和衛恆有什麼「接觸」，就只能進入擬真空間，讓大腦接受電流的刺激，產生出他摸到衛恆實體的錯覺。

距離表決開始還有幾個小時，俞少清打算一個人待一會兒，好好思考目前的處境。

離開地球時，他從未質疑過自己的決定。留在地球上慢慢等死或是冒著生命危險前往新世界，他寧願選擇後者，大多數人都抱著與他一樣的想法。

但是文思飛給了他們一個新的選擇：等待，然後重返地球。他們將在廢墟之上重建新家園，將舊世界變為全新的國度。

俞少清相信，星艦上許多人都會贊同文思飛，如果能平安地返回美麗和平的家鄉，那麼何必以生命為賭注去往完全陌生的地方呢？畢竟人都是戀舊的。但他覺得自己不能這麼做，這無疑是背叛。人類耗盡最後的資源建造的殖民星艦，可不是為了給貪生怕死之徒逃避用的！

腕上的手環響了起來，提醒他和華嘉年約定的時間快到了。他打開衣櫃，在便服和「方舟 1097」的統一制服間猶豫了一下，最終選擇了制服。見過華嘉年之後他還要趕去參加表決，希望這身制服能表明他的立場，帶來些許勇氣。

俞少清抵達觀星回廊的同時，艦橋上已是人滿為患。畢竟是關乎自身性命與未來的重要投票，每個人都出席了。人群形成一個圓形，中央站著文思飛和樊瑾瑜。兩人代表針鋒相對的兩個陣營，背後聚攏著各自的支持者，那些搖擺不定或者不敢吐露心聲的人被夾在中間，不安地觀望著局勢。

「時候差不多了吧？」文思飛看了看腕上的手環。

「人都到齊了嗎？」樊瑾瑜問。

衛恆的全息影像出現在兩人之間，「本艦的兩千人中實到一千九百九十九人，俞少清博士還沒有到場，需要我呼叫他嗎？」

「我看這就不必了吧！」人群中的華嘉年高聲嚷嚷起來。他本該在觀星回廊和俞少清見面，卻爽約跑到艦橋，而俞少清還傻傻地在回廊裡等他，「一個人缺席也改變不了大局嘛。我看我們還是趕緊開始吧！」

旁邊的謝睿寒古怪地瞪了他一眼。秦康自背後按住少年的肩膀，示意他不要輕舉妄動。

「投票開始之前，我有件事要先問問衛恆。」文思飛轉向人工智慧，「你是支配這艘星艦的ＡＩ，你是否支持星艦全體人員經過民主表決得出的決議？」

衛恆謙恭地回答：「當然，我的設計會讓我遵從多數人的意見。」

「即使這個決議違背『方舟 1097』最初的目的？這艘星艦是為了前往天樞星系探索新殖民地而建造的，如果多數人決定返航，你也會支持嗎？」

衛恆露出驚訝的表情，他的邏輯運算系統正在努力解答這個令人困惑的問題。理論上來說，他應該不惜一切代價保證「方舟 1097」完成任務，但是他也被設計成全體乘客的保護者，應該優先遵從多數人制定的計畫和方案。可現在兩者卻有可能發生衝突。

方舟計畫委員會恐怕也沒料想到這種情況：簽過生死契約、立過永恆誓言的志願者竟然臨陣倒戈，不願再前往遙遠的目的地。

他的猶豫持續了漫長的三點五八秒，最後他點點頭，用一如既往的冷靜聲音說：

「我會支持的。」

「真的嗎?你該不會像HAL[1]一樣，為了確保『抵達天樞星系』這個任務能順利執行，而暗中殺害所有反對任務的人吧?」

「我不會那麼做的。除非是為了自保而正當防衛，否則我不可能殺人。我的確是『方舟1097』的艦載人工智慧，但我也是星艦乘客的一員，作為集體的一分子，我遵從集體的決定。依照少數服從多數的民主原則，如果多數人決定放棄任務、返回地球，那麼我會優先確保集體的意志得到實施。」

這正是俞少清設計他時讓他遵守的原則。衛恆作為超級人工智慧，是「廣義上的人」，在這艘星艦上，他是領航員和管家，但也是一個乘客，不比誰高貴，也不比誰低賤，只不過職責與其他人略有不同而已。

「方舟1097」孤獨地航行在宇宙中，去國離鄉萬里之遙，如果個人不服從集體的決定，這個孤立的小團體遲早會滅亡。衛恆作為一個獨立的個體，也必須優先服

1《2001太空漫遊》中的人工智慧，暗中殺害了飛船上的乘客，最終被主角關閉。

從於集體。當眾人向他徵詢意見時，他可以提出建議，可以遊說勸誘，但他絕不會違反集體的意志。

文思飛說：「另外一個問題，投票是在你的系統中進行的，由你將結果顯示給所有人看，你該不會做什麼手腳吧？」

「我不會那麼做的。」衛恆回答，「如果多數人決定返航，那麼我一意孤行繼續執行任務也沒有意義。『方舟 1097』是為了延續人類的種族和文明才被建造出來，返回地球也不啻為一種延續人類的方式。」

「囉嗦了那麼久，可以開始投票了吧？」樊瑾瑜不耐煩地叫起來，「文思飛你問東問西，難道是想拖延時間？」

「當然不是，事先問清楚衛恆的想法，不也是對大家負責嗎？」文思飛攤開手笑了笑，「那麼開始投票吧，希望大家仔細思考、負責地投票，可別被一時的熱血沖昏了頭腦，把自己送上死路。」

樊瑾瑜冷笑：「我也希望大家能仔細思考、負責地投票，不僅對自己負責，更要對『方舟1097』上的每個人、乃至全人類負責。畢竟我們的這個決定，搞不好會影響到人類的存續！」

每個人的手環都亮了起來，「繼續航行」、「返回地球」和「棄權」三個選項浮現在空中。只需輕輕一觸，再加以確認，投票就會被衛恆記錄在系統中。

謝睿寒抬起頭看了看周圍人，大家或專注於投票，或像他一般東張西望，似乎在觀察別人的選擇。謝睿寒自己是堅定的「任務派」，昨晚他已經和秦康商量好，不論如何都要選擇「繼續航行」。

但是別人究竟如何打算，他可真的猜不準。作為科學家，他希望在「方舟1097」上進行自己的研究，去新世界大展拳腳。但是搭乘星艦的可不止科學家……而且同為科學家，也不能保證每個人的想法都跟他一樣。比如那個俞少清，他竟然缺席了投票大會！他是怎麼想的？難道是要棄權？哼，騎牆派的膽小鬼！

謝睿寒選了「繼續航行」，手環震動了一下，表示他的一票已經投出。他扭頭望向秦康，年長男子一臉凝重。

「怎麼了？」謝睿寒低聲問。

「氣氛有點不對勁。」秦康瞇起眼睛，「睿寒，如果待會兒真的發生什麼意外情況，你別猶豫，趕快跑就是了。」

「哈？你什麼意思？」

秦康衝他一笑，像在寬慰他：「我會保護你的，放心吧。」

你這種語氣一點也沒法讓人放心啊！謝睿寒腹誹。

很快，大部分的人都投好票了，惴惴不安地等待結果公布。衛恆設定了十分鐘的投票時限，超時的一律視作棄權。

「時間已經到了。」衛恆宣布。

那些直到最後都在猶豫的人任命地垂下手。

「讓我們看看結果吧。」文思飛自信滿滿地笑道。

謝睿寒緊緊攥住秦康的手，不由自主地靠向他。當人處於恐懼狀態的時候，會本能地向最親近的人尋求庇護，雖然謝睿寒打死也不可能承認自己在害怕，更不會承認自己心底親近秦康。

艦橋上空浮現出光華燦爛的全息影像，衛恆用圓餅圖呈現出投票結果，旁邊配有具體的數字百分比。

百分之四十二選擇返回地球，百分之五十一選擇繼續航行，百分之七棄權。

支持繼續航行的人不僅高於其他人，更占據了星艦全體乘客的半數以上，可以說是毋庸置疑的結果了。

「看來這艘船上還是有責任心的人居多。」樊瑾瑜蔑視地盯著文思飛。

志得意滿的笑容從文思飛臉上消失了。他難以置信地望著半空中的圓餅圖，牙齒咬得咯咯直響。

接著，他做了一個手勢，擁護者們迅速包圍他，如同忠誠的侍衛為君主護駕，每個人都掀開自己的衣襬，拔出隱藏在衣服下的手槍。

「他們怎麼會有槍！」謝睿寒驚叫。

多數人的反應和他一模一樣。大家只是來投個票而已，怎能想到文思飛不滿投票結果，竟要發動武裝叛變？

最可疑的是——他們哪兒來的槍？難道這艘星艦上有不為人知的軍械庫？

「哼，就知道你會這樣，幸好我提前做了準備。」樊瑾瑜也做了個手勢。他的擁護者們亦是不約而同地拔出武器。

兩邊的支持者都各有兩三百人，可以說是兩個陣營最核心的成員了。雙方劍拔弩張、互不相讓，槍口直指彼此的腦袋。

看來他們早就做好打算，如果投票結果不合自己的意願，就靠武力脅迫他人同意！

此起彼伏的尖叫聲充斥了艦橋，看到武裝衝突爆發的瞬間，那些沒有攜帶武器、沒有被告知這場叛變的人們驚慌失措地奪路而逃，如同山林大火中倉皇逃竄的野生動物。

不知是哪一方最先開了槍，明亮的鐳射穿透了半空中的全息圖像。

謝睿寒想大叫「衛恆，阻止他們」，但是驚恐之下連聲音都發不出來。

秦康擋在他前方，用身體做為護盾保護他。

一道奪目的光束擦過秦康的肩膀，血花沾濕了他的白袍。

謝睿寒瞪大眼睛。

他所見的最後景象是艦橋上空垂下一道淡綠色的光幕，像醫療艙的自動診斷系統掃描病人全身那樣，橫向掃過艦橋。

衛恆的聲音響徹耳畔。

「腦量子態掃描裝置，啟動。掃描範圍：全艦。」

俞少清焦慮地瞄了一眼手環上的時間。

九點五十七分，距離投票開始還剩三分鐘，華嘉年仍然沒有露面。明明是他先約的，卻放別人鴿子，豈有此理！

俞少清透過手環呼叫華嘉年，沒響兩聲就被粗暴地掛斷。他氣得暴跳如雷，喊道：「衛恆！華嘉年在哪？」

衛恆的影像出現在他身邊，「根據《隱私法》，我無權向您透露華嘉年先生的所在位置，因為會侵犯他的隱私。」

「他該不會忘了投票之前要先跟我見面吧？」俞少清無力扶額，「算了，我可不想缺席投票大會。你能不能幫我給華嘉年留言，就說因為他遲到，所以我先去艦橋了？」

「留言已發送至華嘉年先生的信箱。」

俞少清最後眺望了一眼回廊外無垠的太空，星雲灑下的絢麗光芒，將透明的回廊照得通透，使人生出一種正在宇宙中自由翱翔的錯覺。

前往艦橋的路上，俞少清一個人也沒遇到。還有幾分鐘才到投票時間，總不至於每個人都提前抵達了吧？他知道星艦上有幾個遲到大王，哪怕關乎身家性命的重要集會也總是踩著鈴聲進門，連一分鐘都不願提前到。

他該不會變成最後一個吧？俞少清苦笑起來，難不成華嘉年是為了讓他遲到出糗才故意約在觀星回廊見面的？

一念及此，他不禁加快腳步，他在手環上設定了鬧鈴，十點準時提醒。就在手環發出「嗶嗶」提示音的剎那，他總算趕到了艦橋門外。

作為最後一個抵達的人，俞少清原本準備了飽含歉意的笑容，可在艦橋大門無聲滑開的瞬間，他的笑容就像冬日的霜雪般凝結在臉上。

屍體。

滿地都是屍體。

宛如大屠殺的現場，數不清的屍體，互相堆疊著，一個人枕著另一個人的身體，另一個人又壓著第三個人。

每個人的表情都凝固在死前的一瞬間。

俞少清一屁股坐在地上，過了好一陣他才發覺，自己連怎麼呼吸都忘記了。

發生了什麼？到底發生了什麼？在他抵達艦橋之前，這裡到底發生了什麼？為什麼所有人都死了？是不是所有人都死了？還有倖存者嗎？不可能不可能不可能他只不過遲了那麼一小會兒怎麼會出現這種惡夢般的狀況……

他想站起來，可雙腿卻軟得一點兒力氣也使不上。他只能手腳並用地爬過去，搖晃那些屍體，呼喚每一個他能記起來的名字。

但是沒有人回應他。

所有人的表情都痛苦而驚恐，所有人的身體都癱軟而了無生氣。他們體溫猶在，說明死亡就發生在幾分鐘之前。

俞少清驚慌失措地想，也許這場慘無人道的「屠殺」就發生在他在觀星回廊中踱步的那個時候，如果他沒有去回廊，那麼他也會變成無數亡魂中的一個！

「秦康博士！秦康博士！」他在屍堆中看到一個熟悉的身影。

連眼淚都來不及擦，他迅速爬向秦康。

秦康面朝下趴在地上，肩上有一道傷，鮮血染紅了半邊身體。俞少清將年長同事的屍體翻過來，發現謝睿寒被他壓在身下。看兩人的姿勢，秦康應該是想用自己的身體保護謝睿寒，為他抵擋攻擊。

然而這捨命的保護並沒有奏效。謝睿寒也死了，那雙漂亮得像黑色寶石一樣的眼睛永遠地失去了光彩，眼角還掛著潮濕的淚痕。

俞少清跪在他們身邊，舉目望去，遍地屍骸，莊嚴的艦橋化作沉寂的墓場，載著人類文明星星之火的方舟星艦變成孤獨徜徉於星海之上的幽靈船。

「還有人活著嗎！」俞少清不抱任何希望，卻還是聲嘶力竭地喊，「回答我啊！還有人活著嗎！回答我啊……回答……我啊……」

淚水決堤。他從未這樣痛哭過，哪怕方舟起飛永遠離開地球的那一刻，他也未曾如此絕望。

現在他是這艘星艦上唯一的活人了。

——不對！等一下！

星艦上應該還有另一個「活人」，雖然不是生物學意義上的人類，但也算是乘客的一員！

「衛恆！」俞少清呼喚自己愛人的名字。

衛恆的全息影像出現在他面前。

「發生了什麼事！一五一十地報告我！」

「我掃描並儲存了他們的腦量子態，所以他們原本的腦量子態崩潰，身體也隨之死去。」

俞少清打了個冷顫，「你為什麼要那麼做！」

「為了阻止他們互相殘殺。我有責任保衛『方舟1097』的和平，保護每一個乘客的生命安全。」

「互相殘殺?!」俞少清失聲尖叫，「他們為什麼要互相殘殺？」

「投票結果公布之後，以樊瑾瑜先生為首的派別和以文思飛先生為首的派別爆發了武裝衝突……」

「什麼叫『武裝衝突』？」俞少清打斷他，「我怎麼聽不懂你說的話？給我看監控錄影！」

衛恆揮揮手，製造出一個矩形的全息螢幕，將他拍攝的畫面顯示給俞少清看。

正如衛恆所說，樊瑾瑜的派別和文思飛的派別正在對峙，然後雙方拔出了武器。

「他們怎麼會有武器……」俞少清盯著畫面，呆滯地自言自語。

衛恆以為他在提問，於是老實地說：「無法回答你的問題，該問題涉及保密協議……」

俞少清抬起手向他展示自己的手環：「我有緊急情況最高許可權，無視保密協議，回答我的問題。」

作為星艦上的科學家，俞少清的權力相當有限，但作為衛恆的設計者，他在緊急情況下擁有最高許可權，可以命令衛恆回答任何問題，執行任何命令。但他動用最高許可權會在資料庫中留下紀錄，並且通知方舟議會的每個成員。可現在議會成員都已經死了，沒人能阻止他。

「星艦上有軍械庫。」衛恆如實回答，「掌管後勤的『軍需官』楚霖先生是文思飛的人，昨天進入軍械庫，取出了一批武器。之後樊瑾瑜先生破解了軍械庫的大門密碼，也取出了一批武器。」

俞少清忽然想起樊瑾瑜問過他星艦上軍械庫的事。當時他並未留意，沒想到樊瑾瑜居然用他的駭客能力偷走了槍械！還有楚霖！他明明是看管軍械庫的人，卻監守自盜！

「你……既然知道為什麼不報告？」

「樊瑾瑜先生修改了我的保密協議……」

俞少清悔恨交加。如果他早點發現這些人的異常該有多好！都是因為他的大意才導致了這個不可挽回的悲慘結局！

「然後呢……？」他聲音顫抖，淚如雨下，「你為了阻止他們互相殘殺，就掃描了他們的腦量子態？」

「是的。」衛恆看起來非常疑惑，一點兒也不能理解俞少清的悲痛，「我判斷這麼做可以最快、最高效地阻止他們。」

「你的確阻止他們了！你殺了所有人，所以他們當然無法繼續互相殘殺！」

「我請求更正你的錯誤，少清。」衛恆認真地說，「我並沒有『殺死』他們，我只是掃描了他們的腦量子態而已。通俗地說，我將他們的『意識』保存在自己的主機中，既然『意識』仍然存在，他們就沒有死。」

意識主宰論。

俞少清啞口無言，他本人是支持這種理論的，而衛恆受他的影響，當然也支持這種理論。意識主宰論認為，人的腦量子態就是這個人的意識，或曰靈魂，只要意識仍然存在，人就沒有死，哪怕一個人的意識轉移到別人的軀體中，他都永遠是自己。軀體不過是容器，意識才是一個人的本質。

這理論聽起來很有道理，可俞少清從未料想過如此極端的情況！原則上來說，所有人的確沒死，因為他們的意識只不過轉移到了衛恆的主機中罷了。只要將他們的意識傳送回原來的軀體，他們就能「復活」。

但是……但是……

「但是復原腦量子態的技術根本就沒發明出來啊！」俞少清絕望地嘶吼，「他們的意識永遠無法復原！就等於死了啊！」

「我請求更正你的錯誤，少清。」衛恆一如既往地淡然，「你所在的第一科學實驗室目前正在研究的課題就是腦量子態復原技術。依照目前的研究進度，有望在二十年內取得突破，所以並不是『永遠無法復原』……」

俞少清怒極反笑：「哦？是嗎？你不說我還差點忘了！還有我對嗎？你就是為了這個，才特意留我一命的是不是？」

「我並沒有『特意留你一命』，腦量子態的掃描是在全艦範圍內進行的，但是星艦上唯獨有一個死角無法掃描到，那就是我的監控盲區——觀星回廊。當時你正在觀星回廊，所以我沒有掃描到你的腦量子態。」

等一下，衛恆啟動腦量子態掃描系統時，我正在觀星回廊？

俞少清很快發現了異常之處。

「依照你的說法，兩個派別的衝突是在投票結束後發生的，但是我身在觀星回廊的時候，投票應該還沒開始才對啊！」

「你遲到了。」衛恆說，「大家不願等你一個人，所以在你缺席的情況下開始投票。」

「什麼？不可能，我明明是準時……」

俞少清忽然停住。

目光轉向腕上的手環，上面顯示著目前的時間。

「衛恆，校準我手環的時間。」

「遵命。」衛恆說，「你手環的時間比標準格林威治時間遲了十五分鐘，目前已經重新校準。」

原來如此，俞少清想，是我的表慢了，所以我才會遲到，才會剛好逃過一劫。

「這不可能……我怎麼會連自己的表慢了那麼多都沒發現……」

「你的手環有人為修改過的痕跡。」

——是華嘉年。

俞少清想起昨天華嘉年和他說話時按了一下他的手環，一定就是那個時候被做了什麼手腳。

但華嘉年為什麼要這樣做？為什麼要調慢他的時間，約他去觀星回廊？華嘉年早就知道這場衝突嗎？為了避免他變成主機中一段資料的命運，所以讓他去星艦上唯一的安全區避難？

俞少清大腦亂作一團，什麼也無法思考了。他只能呆呆地望著這片死寂的墓場，任憑艦橋頂燈的白色人造光芒灑在自己身上。

他想，啊，比起太空中的星光來說，人造光芒是多麼地明亮奪目，又是多麼地……冰冷殘酷啊。

CHAPTER [05]

孤獨的研究者

TURING TEST

俞少清獨坐在第一實驗室中，周圍懸浮著令人眼花繚亂的全息影像，全部都是關於如何復原腦量子態的資料。

他望著那些深奧的符號和數字，雙目無神，猶如溺水者在數學的深海之中載沉載浮。

距離那場「屠殺」，已經過去三年零九個月了。

三年來，俞少清一直在研究腦量子態的復原方法，可進展卻越來越緩慢，乃至於止步不前。每當俞少清望著他自己畫出的、那些錯漏百出的藍圖，都感到萬念俱灰。

他做不到。

也許他的才能僅止於此了。他永遠也發明不了復原方法，只有謝睿寒那樣的天才或者秦康那樣經驗豐富的學者才有望突破目前的瓶頸。他俞少清這種凡俗的庸人，永遠也無法與他們比肩。

起初他滿懷熱情，想憑一己之力拯救眾人，他還年輕，也做過力挽狂瀾的英雄夢。

他複製了每一個死者的基因，然後命令萬用機器人將遺體拖進粉碎機，粉碎至分子級別，重新進入星艦的生態循環系統。這種做法肯定會召來倫理上的爭議，但是「方舟 1097」上已經沒有能夠指責他的人了。

他開始研究腦量子態復原技術，一旦技術實現，他就能透過事先記錄的基因複製出軀體，然後將腦量子態傳輸進去，這樣死者就能復活了。

理想和計畫總是很美好的，可熱情的火焰很快就被冰冷的現實澆熄。

世界上有些事，不是憑著一腔熱血就能做到的。

日復一日，年復一年。他的熱情已然在不斷的挫折中消耗殆盡，現在支撐他繼續走下去的，是恐懼和絕望。

他害怕自己永遠都是孤獨一人，只能在這艘棺材般的星艦中度過殘生。

獨自行走在空無一人的船艙中，就連回蕩的腳步聲都令他痛苦得心碎，每一聲迴響都像亡靈從地獄裡發出的吶喊，死死攥住他的神經，折磨得他夜不能寐。

而他的吶喊，又有誰能聽見？

亞歷山大・塞爾扣克[2]在荒島上獨自居住了四年，但他知道世界上仍有其他的人類，相信自己終有一天會獲救。

可俞少清不同。

在這蒼茫的太空之中，以光年為單位的距離之內，再沒有第二個人類了。沒有人會來救他，他只能自己拯救自己。

星艦上安裝了完整的基因複製設備，他可以依照所有死者的基因，複製出一模一樣的人。但即使在基因層面完全相同，複製體和原型也是不一樣的人，因為他們擁有不同的意識，所以是不同的人。

他也可以動用「方舟 1097」的人類基因庫，隨機匹配精子和卵子，製造一批新的人類。方舟計畫中最壞的預想就是乘客全滅，然後星艦自動啟動基因庫。但是哪怕他製造再多的試管嬰兒，也無法改變兩千個靈魂亟待拯救的事實。

這理應是他的責任，因為他是衛恆的創造者，有義務對衛恆所做的一切負責。

2 《魯濱遜漂流記》中魯濱遜的原型。

也因為他是「方舟1097」上最後一個活著的人類，如果他不做，還有誰來做呢？

俞少清在第一實驗室中不知呆坐了多久，直到大門靜悄悄地滑開。

秦康走了進來。

「小俞。」他愉快地向俞少清打招呼，「今天晚上我打算為睿寒辦個party，你來不來？」

俞少清動了動，轉動僵硬的脖子，瞧了秦康一眼。

「今天晚上？」他嘶啞地問。

「你忘了嗎？今天是睿寒的二十歲生日啊。」

對了，他想起來了。謝睿寒今天年滿二十週歲，秦康打算給他一個驚喜。俞少清提議他向軍需官申請一批貴金屬，打造成戒指，在這個特別的日子送給謝睿寒。

秦康和謝睿寒互有好感，可一個傲嬌地不肯說出口，另外一個礙於年齡和身分而不敢表白，兩個人就這麼生生地錯過了。俞少清後來查閱他們的私人日誌，才發現這個祕密。

「我知道了，我會準時到的。」俞少清緩慢地回答，如同一個行將就木的老人。

「戒指你準備好了嗎？」秦康問。

俞少清點點頭。秦康打算邀他做伴郎，所以戒指的事交給他去準備。他直接越權打開了物資倉庫，提取了一小塊黃金，熔成圓環的形狀。他的金工技術不大好，不過心意到就足夠了。

他手伸進口袋，摸到了那枚冷冰冰的金屬環。他掏出戒指遞給秦康，可當他放手的時候，戒指穿過秦康的手掌，掉落在地，發出清脆的撞擊聲，彈跳幾下，骨碌地滾向牆角，然後停住了。

俞少清失聲痛哭。

面前的秦康只不過是個全息影像而已。

大約一年半之前，他再也無法忍受孤寂的生活，所以拜託衛恆模擬星艦上每個人的外形，製作了一模一樣的全息影像，投影在他身邊。這些影像由衛恆操作，像他們的原型仍舊活著時那樣在星艦上活動，甚至會和俞少清交談。而俞少清也假裝他們是活人，與之互動。

衛恆相當有創造力，甚至像模像樣地編出劇本，比如將「秦康」和「謝睿寒」湊作一對。「謝睿寒」十八歲生日那天第一次喝了酒，借著醉意向「秦康」訴說心意，兩個人就這麼在一起了。俞少清目睹這個場面，邊笑邊哭地給他們鼓掌。

如同一場高科技的扮家家酒，雙方明知是假的，卻都自欺欺人地演下去。

不這麼做的話，俞少清遲早有一天會精神崩潰。

但是即便這麼做了，也只是將精神崩潰的時限向後拖延一些日子罷了。

秦康的影像消失了，衛恆取代他出現在實驗室中。

「少清你怎麼了？」他不知所措地問，「我做得不對嗎？」

俞少清捂著臉，淚水從指縫中滲出來，喑啞的哭泣聲斷斷續續，仔細聆聽，又有點兒像嘲諷的笑。

「都是假的，都他媽是假的！」他雙肩顫抖，「我不想再看到他們了！」

衛恆不安地注視著他。

「如果你不想看，我就不投影了。」

「走開。」俞少清命令。

「少清……」

「我叫你滾！」

衛恆從實驗室中消失了。

這間整潔到神經質地步的白色房間中，再度剩下俞少清一個人。

他獨坐了許久，起身揮揮手，消除了周圍懸浮的資料和圖表。他彎腰撿起自己打造的那枚戒指，攥了一會兒，直到金屬被他的體溫焐熱，他才將它放回口袋。

他走出實驗室，乘管道電梯下到中層。穿過觀星回廊的時候，他的影子倒映在玻璃上，彷彿他正一個人漂浮在群星的海洋之中。

他經過公共生活區，這裡也是空無一人，只有勤懇的萬用機器人在清潔地板。他經過的時候，圓滾滾的小機器人們紛紛為他讓路。

孤零零的腳步聲離開生活區，來到需要高級許可權才能進入的後勤區。他越權打開物資倉庫的門，進入存放金屬的地方。

他在標著「貴金屬」的貨架前停下，摸出口袋裡的戒指，將它放在架子上。很久以前，他就是從同樣的位置取走了一小塊黃金。

戒指旁邊躺著一枚鐵片，邊緣打磨得極為銳利。當初他製作戒指時，順手做了這枚鐵片。

他原地站了一會兒，忍不住拿起戒指，在自己的手指上比了比。他是按照謝睿寒的尺寸打造戒指的，他自己戴不上。

也沒有人能為他戴上。

他將戒指放回去，將鐵片收進袖中，原路返回生活區。

路過公共禮堂時，他說：「衛恆，將所有人的影像都投影出來，讓他們開party。我想看他們開 party。」

話音剛落，禮堂的燈光就變成了五彩繽紛的顏色，快節奏的搖滾樂響徹整個空間，數千個人的影像出現在餐廳中，和著音樂搖頭晃腦、載歌載舞。

人群中央是「秦康」和「謝睿寒」，兩位科學家脫下了白袍，換上便服。「謝睿寒」不再是少年，現在應該算是青年人了，個子長高了不少，但還是孩子氣地摟著「秦康」的脖子，撒嬌似地掛在他身上。

「謝睿寒」說了句話，音樂聲太響，俞少清聽不到，但能看見「秦康」笑了起來，低頭去吻他心愛的年輕人。

俞少清穿過人群，有人衝他喊：「俞博士也一起來跳嘛！」他無視了那些邀請，徑直走出禮堂，回到自己的艙室。

他鎖上門，給電子鎖設置了最高許可權，即使是衛恆也無法破解。

他進入浴室，放了一浴缸的水，然後脫掉衣服躺進浴缸裡，握著那枚邊緣銳利得能刮鬍子的鐵片，在熱水中放鬆全身。

有那麼一瞬間，他想擦乾身體，穿好衣服，去禮堂參加party，繼續他自欺欺人的虛假生活。

但這個念頭僅僅持續了不到一秒鐘。

他太累了。

他做不到。

他只是個庸俗凡人，不是什麼救世英雄。

就連本應由他承擔的這份責任，他也想放棄。

「真是個懦夫。」他自嘲地笑起來。

然後捏住鐵片，劃過自己的手腕，精準地切開橈動脈。

鮮血噴湧而出，染紅一缸清水。

他冷靜地計算著出血量，這樣的傷口足以致命，自己會在幾分鐘之內死去。

「少清你要幹什麼！」衛恆驚恐萬分的聲音響起來，「不要自尋短見！醫療艙已經準備好了你開開門好不好？少清不要這樣，不要，不要，不要……」

他那一向完美的人工聲音突然雜亂起來，像受到干擾的無線電廣播似的。

「不要……不要……不要丟下我一個人……」

俞少清疼得直流眼淚。他想，媽的真疼啊，誰知道割腕居然這麼疼？

但是很快就結束了。隨著血液流失，他感到越來越冷，眼皮漸漸沉得抬不起來，倦意湧上來，他忍不住想就這麼睡過去。

外面傳來沉重的撞擊聲，大概是衛恆操縱萬用機器人想撞開門。沒用的，高級船員的艙室門皆以航太金屬材料製作，豈是那麼容易就撞開的？

衛恆叫嚷著聽不懂的詞句，大概是語言邏輯系統出了問題，他從不知道衛恆受刺激之後會出這種故障……但搞不好是他的大腦出了故障，聽不懂旁人的話了……

失去血色的蒼白身軀舒展開，浸泡於無盡的血紅之中。

極致的白和極致的紅。

彷彿皚皚雪地裡灑落了鮮血，又像一枝折斷的百合浮在赤紅的河流上。

模糊的視線中出現了一道綠光。

那綠光像醫療艙的自動診斷掃描射線那樣，掃過俞少清的身體。

「腦量子態掃描裝置，啟動。」

這是俞少清此生聽到的，最後一句話。

CHAPTER [06]

復活

TURING TEST

俞少清覺得自己做了一場漫長的夢。

夢裡的他生活在幾十年前的地球上，有一個名叫衛恆的戀人。他們參加了超級人工智慧天樞的圖靈測試，之後遭到天樞的追捕，最終有驚無險地擊敗了瘋狂的人工智慧。

這個夢有黑暗恐怖之處，但也有不少溫馨美麗的地方。他在夢裡可以真真正正地觸摸衛恆，交換擁抱、親吻和彼此的體溫。哪怕衛恆是地外文明創造出來的人造物也無所謂，他愛的就是這個衛恆。

但是再美好的夢也終究是要醒的。

甦醒的剎那，他一時分不清夢境與現實，兩種截然不同卻又微妙相似的人生轟然並立，令他產生了莊周夢蝶的虛幻感。

一邊是活在地球的他，經歷過人工智慧天樞的叛變，在朋友與戀人的幫助下，總算擊敗了那個妄圖統治人類的瘋狂ＡＩ。

另一邊則是活在「方舟 1097」上的他，隨著星艦前往遙遠的天樞星系，中途卻遭遇變故，獨自一人研究腦量子態復原技術，最終因為無法承受孤獨和內疚，精神崩潰自殺身亡。

——這才是他真實的人生。

「……我不是應該已經死了嗎？」

他抬起頭注視著衛恆。面前的這個男人是他的造物，也是他的愛人。不論是在他真實的人生裡，還是在那個「夢」中，衛恆的外表都未曾改變過，永遠是那麼年輕英俊，唇線薄而鋒利，笑起來卻很溫暖，眼神冷靜淡漠，但又藏著溫柔。

「我記得我自殺了，用鐵片割腕。」俞少清舉起左手，手腕的皮膚平滑光潔，連一點兒傷疤也沒有。

「沒錯，但是你沒有死。」衛恆回答，「你把自己關在艙室裡，我派出的小機器人進不去，為了挽救你，我只能……」

他頓了頓，眼神忽然變得飄忽，彷彿透過俞少清的身體，望見了一個破碎的時空。

「我只能……在你瀕死的時候，掃描你的腦量子態。你的身體已經因失血過多而死去了，但是你的意識仍然存活，就儲存在我的主機裡，和『方舟 1097』的其他一千九百九十九個乘客在一起。」

俞少清憶起了那道綠光，生命的最後一刻，他看到的就是掃描射線的顏色。

星艦上明明處於永久的恆溫，他卻禁不住地發起抖來。

假如他的腦量子態儲存在電腦裡，那麼他怎麼可能復活？

除非……

「我複製了你的身體，將你的腦量子態還原了。」衛恆說。

俞少清張大了嘴，說不出完整的句子，乾澀的喉嚨只能發出不成調的「啊啊」聲。半晌他才勉強用沙啞的聲音說：「這不可能，還原技術還沒有發明出來……」

原本應該由他來研發這項技術，但他半途放棄了自己的責任。他被沉重的孤獨壓垮，精神崩潰以至於割腕自殺。

「是真的。」衛恆柔聲說，「你『自殺』之後，我接手了你的研究工作。雖然耗時漫長，但還是成功了。如果由你來做，我預估會在二十年內研發出復原技術。我的研究水準遠不如你，所以我花了整整一百四十六年。」

俞少清感到頭暈目眩。

一百四十六年？自從他「自殺」已經過去了這麼久？他認為自己無法完成的工作，卻被他的人工智慧完成了？

宇宙中真是處處充滿了荒誕。假如宇宙擁有意識，恐怕會因此而諷刺地笑起來吧？

「那麼我的那個夢……」俞少清顫抖著問，「我在地球上，和你一起參加天樞的圖靈測試……那個夢又是怎麼一回事？」

「你還能走路嗎？」衛恆關切地問。

俞少清點頭。

「跟我來。」

衛恆轉身走了兩步，然後停下來等待他。俞少清艱難地爬起來，踉踉蹌蹌地跟上衛恆的腳步。

一路上誰都沒說話。

他們穿過白色的長廊，乘管道電梯通過無重力區，經過空蕩蕩的禮堂和餐廳。星艦依舊沉寂如墳塋，只有圓滾滾的萬用機器人仍在勞動，勤勤懇懇地擦拭著一百四十六年未曾有人踏足過的地板。當他們路過時，機器人們紛紛停下手中的工作，恭敬萬分地讓路。

俞少清低頭瞧了一眼腳邊的萬用機器人，伸手摸了一下它的腦袋。

機器人光禿禿的腦袋上浮現出一張由簡單線條構成的抽象笑臉，發出尖細的合成聲：「歡迎回來，俞少清博士。」

俞少清突然鼻子發酸。

所有的小機器人都由衛恆控制，由衛恆自己植入低端ＡＩ。整艘星艦都是這麼工作的。

當初是他拋棄了星艦。但是一百四十六年過去，星艦仍舊忠誠地等著他歸來。

「我們到了。」衛恆說。

俞少清這才發現，他們已經抵達第一實驗室，他和秦康、謝睿寒一起工作的地方。

第一實驗室和記憶中有少許不同，桌椅和實驗臺都消失了，大概是被衛恆搬走了。原本無處不在的全息圖表和資料也不見了，取而代之的是數十個矩形全息螢幕，它們有序地疊加在一起，構成半圓形。俞少清站在圓心，覺得自己彷彿站在一間龐大的監控室中。

每一張螢幕上都顯示著不同的畫面，有的是飄雪的夜晚，有的是夕陽下的湖面，有的是燃燒的建築，有的是陰暗的地下室。

所有畫面都有一個共同特點，那就是全部都出自俞少清的「夢」。

全都是他「夢」中的場景和情節。

「到底是怎麼回事？」俞少清不由自主地攥住衣角。

「我研發出腦量子態還原技術後，想立刻用在你身上，但又害怕技術不成熟，導致你的腦量子態並沒有完美地復原在身體裡。人類有一句話叫『差之毫釐，繆以千里』，哪怕一點點微小的誤差，都會導致你意識的變化，甚至有可能改變你的人格。

「所以我設計了一個擬真情境，將你的意識放入其中，並且遮罩了你原本的記憶。你可以將其視作一種特別的測試，你會在情境中經歷一些磨難，做出一些選擇。當我認為你的人格並沒有改變、你仍舊是你時，測試就會停止。你的那個『夢』，就是我設計的測試情境。」

衛恆伸出手指，指向其中一塊螢幕，它立刻移動到俞少清面前，自動放大。螢幕上顯示的是飄雪的夜晚，正是「夢中」俞少清離開衛恆的那個平安夜。

俞少清望著畫面中的他自己。就在不久之前，他還認為畫面中的一切都是真的，可現在他以上帝視角看著自己，方才發覺那個「夢」是那麼地遙遠。

「那麼測試情境裡的其他人是……？」

「都是我扮演的，包括我自己。」衛恆笑起來，「沒辦認出來是不是？」

「這個情境……好熟悉。」

「我參照了一本你非常喜歡的小說。」

俞少清想起來了，「華嘉年老師的《大叛變》。」

那本書的評價褒貶不一，準確來說是罵聲占了上風，俞少清卻非常喜歡。

《大叛變》說的是一名叫華嘉年的主角穿越時空返回過去拯救人類的故事。他一次又一次在時空中穿行，歷盡千辛萬苦，終於擊敗了瘋狂的人工智慧，可最終發現人工智慧之所以叛變，其實是為了保護人類、抵抗外星文明。很多人笑話華嘉年「故事編不下去就扯出『外星人』來圓劇情」，俞少清卻覺得這樣的安排很有意思。

「我以《大叛變》為藍本設計了這個擬真情境，不過修改了一些角色和劇情，將你安排成主角，其他人物都替換成你認識的人。」衛恆頓了頓，輕聲說，「我發現很多人物似乎都能和現實中的人一一對應起來，也許華嘉年老師創作時就是以真人為原型的吧。」

俞少清環顧四周，視線在每個畫面上都停留數秒，努力辨認畫面中的內容。

他與衛恆的別離與重逢。

研究所中的二十八次測試。

穿越時空而來的男人。

驚心動魄的追捕和逃亡。

火災。

拯救。

祕密約會的地點。

湖畔的告白。

這一切都是一場測試情境。

「當你在湖邊對我說出『你擁有人的思維和情感，也自認為是人，那麼你就是人』的時候，我終於確定你的人格並沒有改變，你仍舊是你。你在現實中對我說過一模一樣的話，你正是按照這樣的原則設計了我。所以我結束了測試。」

——然後「世界」就停止了運轉。

衛恆偏過頭，凝視著俞少清，「我做得對嗎？」

俞少清哽咽了一聲。

「為什麼要對我這麼好？」他大喊，「是我先拋棄了你啊！在測試情境裡，我拋下你獨自回國；在現實中，我拋下你選擇死亡。為什麼你每一次都要追上來？為什麼？哪怕沒有我你也能完成工作，哪怕沒有我你也能做得很好，為什麼要復活我？為什麼要……把我帶回來……」

淚水奪眶而出。

衛恆手足無措地看著他。如果他擁有實體，肯定會為俞少清拭去眼淚，可惜他沒有。

「我的一切都是因你而生。在你看來，我不是一臺機器，我就是『人』。而正因為我是『人』，我才會愛上你。」

衛恆的聲音，罕見地染上了哀傷的色彩。

「作為人工智慧，我愛著全人類，但是作為『人』，我愛的唯有你，所以不惜一切代價也要將你帶回來。」

「人」與「人工智慧」，兩種屬性本應彼此對立，非此即彼、水火不容，然而兩者卻在衛恆身上達到了奇妙的統一。

「不要再丟下我一個人了。」

俞少清緩緩跪坐在地，掩住面孔，淚水從指縫中滲出，一滴滴落在地板上。

在他斷斷續續的抽噎聲中，衛恆清晰地聽到了一句話。

他的聲波收集器是如此敏銳，所以絕不可能聽錯。

俞少清說：「謝謝你。」

以上帝視角觀察自己，是一種不可言喻的奇妙體驗，彷彿自己一分為二，同時身處於兩地。

俞少清觀看測試情境影片中的自己時，就產生了這種怪異的感覺——像在旁觀另一個人的人生，又像將自己的人生反芻了一遍，心頭瀰漫出一種苦澀的味道。

小說《大叛變》中，「華嘉年」是絕對的主角，故事就在他一次次穿越時空的旅程中展開。故事中有一對配角，是研究所的測試員，在遭到天樞追捕的過程中被華嘉年所救。這個情節當然是為了展示華嘉年的機智勇敢，而在衛恆設計的測試情境裡，這兩個苦命鴛鴦式的配角被替換成了俞少清和衛恆，還被加上了一些格外認真的設定。

比如俞少清和衛恆是研究人工智慧的科學家，而俞少清半路放棄學業，黯然回國。

「現實中的我可沒有那麼無能。」俞少清盯著影片中的自己說。接著他搖搖頭，自嘲地笑起來，「不，現實中的我就是這麼無能。我放棄了自己的研究，承認自己力有未逮，為了逃避責任甚至選擇自殺……我就是一個自卑又無能的膽小鬼。」

「少清……」衛恆神色複雜。

「也許身在測試情境中時，我的潛意識已經發現真相了：既然我還活著，說明肯定有別人研發出了腦量子態復原技術，而那個人就是你。所以情境中的我在你面前就自覺技不如人。」

「我沒有那個意思……」衛恆小聲為自己辯解。

「我不是怪你，一切都是我的錯。」俞少清抱緊雙臂，覺得冷似的，「其實我很高興……你能接手我的工作，完成我未能完成的一切。」

「能得到你的認可，就是我最大的榮幸。」

俞少清抬手在空中滑動，全息螢幕更換到下一個場景：研究所。他在第二十八次測試後與「秦康博士」交談。

「真奇怪，我能識破測試情境中的測試情境，卻沒法識破測試情境本身。」

「『天樞』可以說是我的弱化版，因此它的測試情境缺陷比較多也很正常。其實有好幾次我險些以為你看出破綻了，因為你問了好多次『這是不是測試』，也許你的潛意識已經發現一切都是虛假的。」

的確，有好幾次，情境中的他都莫名產生了怪異的感覺，腦海中還曾閃過破碎的畫面。當時他並未在意，只當是幻覺或夢境，現在才明白，那可是如假包換的莊周夢蝶。不是他夢見了另外一種人生，而是他自己就處於另外一種人生之中。

下一個場景，衛恆來到俞少清家，千鈞一髮之際救下他，帶著他逃過天樞爪牙的追捕。

「如果你是人類，就會在我家裝監視器？」俞少清覺得好笑極了，「你還真是個跟蹤狂啊。」

衛恆不好意思地挪開視線，「我為了偽裝成人類，故意限制自己在情境中的能力，想要時時刻刻觀察你的話，就只好在你家裝監視器。而且我習慣了在星艦上隨時隨地都能看到你，變成人類後受到肉體的束縛，不能想看就看，就只能……」

俞少清示意他不必多說，「行了行了，越說越可怕，我明白你的意思了。」

接下來的場景是他們遇到「華嘉年」，在這位穿越者的帶領下逃到安全的地下室。旁觀自己和衛恆做愛的場面時，俞少清羞得面紅耳赤，連忙快進到下一個畫面。身邊的衛恆似笑非笑地瞥了他一眼，被回以惱羞成怒的瞪視，於是立刻假裝研究自己的袖口。

測試情境中的他們一路披荊斬棘，終於抵達研究所，從火場中救出一眾研究員們。可好景不長，沒過多久衛恆就被當作外星文明投放到地球上的生物電腦遭到拘捕。從研究所人員手中逃逸的他與俞少清在湖畔會面，沐浴著周天的星光，俞少清說出了讓衛恆認定他「人格並未改變」的話語。

「夢」的世界在此終結。

之後俞少清重返現世，在全新的軀體中甦醒過來。

他嘆了口氣：「不過是確認一下我的人格而已，有必要這麼大費周章嗎？」

衛恆揚起眉毛：「只是跑一個擬真情境程式而已，並不麻煩，以前我每天都要同時運行幾百個類似的程式，我的計算能力也並未因此降低多少……」

「對你來說當然是小事一樁，但對我來說，等於經歷了一次不一樣的人生啊……」

只要不斷更新硬體，不斷升級程式，人工智慧原則上就能永久存活，擁有無限的壽命。

但人類不一樣。

人類的一生與人工智慧相比極其有限，從某種意義上來說卻也十分漫長。有時甚至會漫長到令人厭棄和倦怠的地步。

並不是所有人都願意耗費一生的時間，去體驗另一重生命。

「其實設計這樣的測試情境，也是我的私心在作祟。不僅是為了確認你的人格沒有改變，也是為了……喚回從前的你。」衛恆垂下頭，「我希望透過這個情境找回原來的你，不是精神崩潰到自殺的俞少清，而是從前那個……總是開朗勇敢的你。請你原諒我的私心。」

俞少清也隱隱猜到是這樣。他在現實中早已失去的勇氣，衛恆希望他在虛擬世界中找回來。

「我不會原諒你的。」

衛恆露出受到嚴重打擊的表情：「少清……」

俞少清衝他一笑：「因為你並沒有做錯。既然沒錯，為什麼需要被原諒？」

有些心理醫生也會透過擬真情境手段來治療病人，假如失去的東西可以透過區區一個情境找回來，又何樂而不為呢？

「我要把其他人也帶回來。」俞少清揮手消去所有的全息螢幕，只留下一個——研究所場景。

「將其他人的腦量子態也還原回身體中，然後連入擬真情境進行測試。能實現嗎，衛恆？」

「當然。你要測試誰？」

俞少清閉上眼睛，回憶艦橋上的那場慘劇。文思飛和樊瑾瑜率領各自的派別，爆發武裝衝突，將許多對密謀毫不知情的人捲入其中。

「從沒有參加密謀的人開始。首先是……秦康博士和謝睿寒博士。」

「同時？」

「同時。讓我看看實況。」

衛恆立刻遵從命令，從資料庫中提取秦康和謝睿寒的DNA，進行複製，還原腦量子態，將其放入自己所編寫的測試情境裡。

俞少清雙臂環抱，仰視著全息螢幕，畫面中的謝睿寒正和幾位同事走向研究所的管道電梯。俞少清事先讀過小說，天樞將從電梯展開殺戮，並困住研究員們。依照華嘉年那個傑克蘇的性格，最後神兵天降、拯救眾人的正是他自己。

「更改情節，」俞少清對衛恆說，「安排謝睿寒和秦康去救人。」

衛恆只需動一動念頭，虛擬世界的環境就改變了，謝睿寒和秦康變成研究所僅能活動的兩個人。他們救出其他研究員，之後以謝睿寒那高傲強硬的性格，必然會親自去關閉天樞，而秦康一向護著他，一定會與他同去。

俞少清偷看過他倆的私人日誌，知道他們互相喜歡，卻誰都沒有說出口。俞少清進行測試的時候，衛恆透過「華嘉年」之口告訴他謝睿寒暗戀秦康，現在俞少清將透過自己的眼睛見證，性命攸關的危急時刻，那兩人之間會擦出怎樣的火花。

如果能促成一段感情，也不失為一樁美事，至少能為這個冷清寂寥的世界添上幾分歡喜的色彩。

「嗯，想不到秦康博士在性愛方面意外地……古板啊。」俞少清盯著秦康拒絕和謝睿寒發生關係的畫面，若有所思道。秦康和謝睿寒簡直就像磁鐵的兩極，南轅北轍，然而一旦邂逅，就會產生致命的吸引力。

「情境這樣設計真的好嗎？」衛恆不無擔憂，「謝睿寒博士拒絕承認人工智慧是『人』。他的觀念和你迥然不同，我可以設計別的情境讓他改變想法……」

「他的觀念和我從來就不一樣。」俞少清苦笑，「不過這樣就可以了，也許有一天他的想法會改變，也許永遠不會，但是……這才是真正的謝睿寒博士。」

「我能喚醒他們了嗎？」

俞少清頷首：「馬上開始吧。」

謝睿寒醒過來的時候一臉迷茫，和俞少清那會兒差不多，拽著俞少清的袖子問了半天「這是哪兒」「我怎麼了」「我好像做了一個很長的夢」，那充滿哲學思辨的表情讓俞少清覺得他下一秒就會問出經典哲學問題「我是誰我從哪裡來宇宙的終極意義是什麼」了。

但謝睿寒不愧是天才少年，很快就反應過來，怒吼著「俞少清你居然把我放進擬真情境裡」。

俞少清費了半天口舌才解釋清楚來龍去脈。

謝睿寒越聽臉色越陰沉，等俞少清說完，他冷冷問：「秦康呢？」

「在隔壁的艙室，你要見他嗎？」

謝睿寒張開嘴，似乎想說「要」，但很快搖搖頭，面頰上浮起淡淡的桃紅色，像一枝桃花在他白瓷般的皮膚上盛放。少年向來果決的眼神變得游移不定，一半羞怯，一半偏要逞強。

「讓他來見我！」

俞少清用同樣的程式喚醒了秦康，後者的適應速度比謝睿寒稍慢一些，花了不少工夫才接受自己「長眠」了一百多年的事實。等他的情緒平復下來，俞少清便領他去見謝睿寒。

原以為兩人的這次「歷史性會面」會持續很久，怎麼也得你儂我儂個半天吧，萬一秦康在歷盡磨難後一改君子風度，決定該出手時就出手，搞不好還得磨蹭更久。

俞少清都做好第二天再來拜訪他們倆的準備了，孰料沒過幾分鐘艙室門便無聲地滑開，秦康走了出來，和候在門外的俞少清面面相覷，彼此都向對方投去莫名其妙的眼神。

「秦康你走不走？不走就別擋路！」後面傳來謝睿寒不耐煩的叫聲。

秦康於是側身避讓，請謝睿寒先過去。

「目前有多少人甦醒了？」謝睿寒問俞少清。

俞少清下意識擺出下屬回答上司問話的恭敬姿態：「就我們三個。」

謝睿寒一登場便反客為主，果然不論是在虛擬世界的研究所還是在「方舟1097」的第一實驗室，謝睿寒都是當之無愧的領導人物。

「其他人的腦量子態也要置入擬真情境中測試吧？我也要看。」他抬起下巴，做了個「帶路」的姿勢。

衛恆的影像出現在他身邊，對他躬了躬身：「請跟我來。」

謝睿寒看也不看另外兩個大活人，便跟著衛恆走了。俞少清和秦康默默地跟上去，待雙方拉開一段距離，俞少清掩著嘴，對秦康耳語道：「你們都說了些什麼？」

秦康的唇角無奈地彎起來：「也沒什麼。」

其實在他們短暫的會面中，謝睿寒只問了他一句話。

「秦康，你在測試情境裡說過的話，在現實世界中也同樣有效嗎？」

秦康思索了一下「測試情境裡說過的話」意指什麼。思來想去，覺得謝睿寒應該是指他們之間的那番告白——謝睿寒揪著他的衣襟問你為什麼不上我，他正直地表示現在還不行等你成年再說。

謝睿寒才十六歲，普通的孩子在他這個年齡還在優哉遊哉地讀國中，他卻過早地承擔起成年人的責任，堅強得令人心疼。其他人都當他是值得信賴的可靠科學家，秦康卻總是忍不住想多照顧他一些，想變成能讓謝睿寒依賴、撒嬌的人。謝睿寒對他的「照顧」不屑一顧，時常嚷嚷「別當我是小孩子」，但秦康看得出來，他其實樂在其中。

等到這樣的謝睿寒長成足夠成熟的成年人時……秦康不無傷感地想，到那個時候，說不定謝睿寒已經不喜歡他這個嚴肅正經的老傢伙了吧。

「當然……有效。」秦康艱難地說，他已經做好心理準備，假如兩年後謝睿寒改變心意，他絕不強求。

「那就好。」謝睿寒起身走向艙門，神色冷冽，看也不看秦康。

一聲低語卻如同琴弦的顫鳴，飄進秦康的耳朵。

「謝謝你願意等我。」

現在「方舟 1097」上的活人增加到了三個。俞少清、秦康和謝睿寒繼續監督測試情境的運行，他們得盡可能在短時間內將更多的人帶回來。

根據衛恆的報告，幾個月後，他們將抵達天樞星系。

這場漫長的遷徙之旅，即將畫上句號。

沒人知道他們將在天樞星發現什麼。也許是一顆適宜居住的星球，也許那顆星球危機四伏，也許他們會和地外文明發生第一次接觸，也許那裡什麼也沒有。

這時候就需要人類團結合作了。人類歷史上探索新領域的嘗試，從來就不是一個人單打獨鬥能夠完成的。

下一個復甦的人選，俞少清打算定為華嘉年。他對這位作家朋友一直心存疑問：為什麼當時華嘉年要約他去觀星回廊見面，又為什麼要失約？

「或許他事先知道政變的事。」謝睿寒推測，「不論是樊瑾瑜還是文思飛，都有自己的幫手，他們肯定提前拉攏了支持者，而華嘉年不知從什麼管道得知了這件事，所以想找你商量，或者故意讓你遲到，好避免你捲入爭鬥。」

「可是華嘉年失約了，自己跑去艦橋參加投票。如果他事先知道一切所以想保全我，那麼為什麼他不保全自己？」

「那就讓他自己來解釋吧。衛恆，將華嘉年放到測試情境裡。」

「等一下。」秦康打斷謝睿寒，「測試情境是根據華嘉年的小說編寫的，他或許會識破自己的小說。衛恆，請你另外設計一個情境。」

「明白。」衛恆說，「我事先設計了三十五個情境，可以隨時啟用。」

謝睿寒聽到「三十五」這個數字的時候，嘴唇一抿，彆扭地哼了一聲。他一直認為人工智慧算不上「人」，但被他看不起的人工智慧卻做出了超越人類的成就，讓他有點不舒服。

「真可惜，我還挺想看看華嘉年老師在一次次輪回中拯救世界的英姿呢。」

「那樣對他來說也太殘忍了吧。」秦康嘆息。

於是華嘉年被置入另一種情境之中進行測試。測試進行得非常順利，不久後他就在現實中復甦了。俞少清本想立刻找他談談失約的事，可工作一旦忙起來就停不下來了，只好暫且擱置此事。

一個又一個測試情境在衛恆的主機中運行著，一個又一個人或在喜悅或在悲傷中返回現世。衛恆發明的腦量子態復原技術相當成熟，幾乎不可能發生讓人「人格錯亂」或者「記憶缺失」之類的事故。

沉寂了一百四十六年的「方舟 1097」再度熱鬧了起來。空置許久的回廊和廳堂變得熙熙攘攘。當初艦橋上的那場政變依然令人記憶猶新，彷彿是昨天才發生的事，哪怕驚心動魄的擬真測試情境也未能撫平眾人記憶中的這道傷痕。

隨著乘客們一個個復甦，一場討論不可避免地在「方舟 1097」上爆發了。

討論的焦點，是要不要復甦那些參與政變的人。

「他們差點害死所有人，難道還要讓他們回來作亂？就讓他們繼續沉睡吧！」

「但是說不定有些人只是受到蠱惑、誤入歧途，這些人也不能復甦嗎？讓他們的腦量子態永遠儲存在機器裡，那和非法監禁有什麼區別？」

「殖民地的建設需要每一個人出力，我們需要那些人的技術和能力。越是這種時候，人類越是應該精誠合作。況且現在返回地球也不可能了，文思飛他們該停止爭吵了吧！」

「你還不明白嗎？文思飛這個人就是自私自利，為了自己的利益，他什麼都做得出來！楚霖則是個理想主義者，最容易受到煽動！即使不為『是否返回地球』爭吵，他們也遲早會因為其他事而鬧起來！」

這些激烈的言辭自然傳到了俞少清的耳朵裡。

「衛恆你覺得呢？要把那些直接參與政變的人復原嗎？」俞少清邊喝咖啡邊觀察著一個正在進行中的測試，秦康和謝睿寒正在調試測試情境的參數。

「我無法做出決定。我覺得這個問題不論回答『是』或『否』，都有一定的道理。我計算不出哪邊的權重更高。原來人類面對『兩難情形』時的心情就是這樣啊。」

俞少清望著咖啡液面上自己的倒影，若有所思。

「他們其實說得挺對，文思飛自私自利，楚霖易受蠱惑，這是他們性格的缺陷，沒有辦法的事。但世界上哪有完美的人？方舟計畫委員會不可能讓一無是處的人登上星艦。這艘船上的每個人都是萬裡挑一的精英，他們擁有各自的優點，文思飛口才好，是優秀的政客；楚霖清廉正直，否則也不會被任命為軍需官。」

「但是他們在測試情境中表現得都很不好。」謝睿寒盯著手頭的數據，眉頭緊鎖，「文思飛屈從於天樞，甘願當它的傀儡。測試中有一個叫『王臻』的人物，他不存在於星艦上，是華嘉年小說中虛構的，衛恆將他保留了下來。文思飛遵照天樞的命令殺死了王臻，而王臻剛好是樊瑾瑜的朋友，因為他的死，樊瑾瑜開始對抗天樞，然而在這個過程中卻因為自己的衝動，多次害死了反抗組織的同伴。楚霖則是每一次都會背叛人類，甚至殺死研究所的同事。他們真的有返回現實世界的價值嗎？」

「『方舟 1097』有自己的法律，按照法律，發動武裝政變的人應該被處以怎樣的刑罰？」

衛恆回答：「《星艦公約》第九十一條：拒絕執行『方舟 1097』乘客全體所做出的民主決議，將剝奪人身自由，直到其同意執行為止。」

「那麼依照公約，文思飛及其同黨應該受到監禁，直到他們放棄返回地球的念頭。不過現在也沒辦法回去就是了。」謝睿寒悶哼一聲。

「不如我們再舉行一次投票，讓所有人一起決定他們的命運？」秦康問。

「得了吧，上次投票的慘劇你忘了嗎？如果支持釋放他們的人和反對釋放他們的人打起來可怎麼辦？」謝睿寒對秦康的提議嗤之以鼻。

實驗室大門忽然打開，一個清朗的男聲像乘著火箭推進器一般衝進艙室：「我有一個建議，不知各位可否聽我一言？」

華嘉年扠著腰走進來，臉上掛著招牌式的不正經笑容。

「怎麼老是你……」謝睿寒捂住臉。

「說來聽聽？」秦康一副頗感興趣的樣子。

「我建議將他們的意識置入擬真情境中，讓衛恆加快情境中的時間流速，讓他們在那裡飽嘗違反法律的惡果，比如坐個幾百年牢之類的。等我們抵達殖民地，需要他們專業技能的時候，再把他們放出來。如果他們在擬真情境裡表現良好，比如洗心革面痛改前非，或者選擇大義而不是私利，那麼也能酌情提前釋放。各位覺得我的建議如何？」

最終他們還是舉行了一次投票，華嘉年的提議高票數通過，於是直接參與政變的五百三十一個人（占全體人數的四分之一之多）被置入懲罰性的擬真情境中，一次又一次遭受法律的制裁。有些人（比如樊瑾瑜）因為表現良好，被提前復甦了，剩下的恐怕得在虛擬的牢獄中度過幾十遍人生。

「方舟 1097」上的人們基本上全都復甦之後，俞少清突然清閒了下來。管理測試情境的工作交給了秦康和謝睿寒，華嘉年負責編寫劇本，繼續測試那些直接參與政變的人。俞少清幾乎不需要插手，工作便能順順利利地繼續下去。

為了嘉獎他在星艦上獨自生活那幾年所付出的艱辛，謝睿寒批給他一段很長的假期，讓他能自由自在、無憂無慮地享受星艦上的生活，而不用被工作所煩擾。

他發現自己突然之間從一個不起眼的科學家，變成了星艦上人人矚目的英雄。如今衛恆握有腦量子態復原技術，而俞少清作為衛恆的設計者，一躍成為了「方舟 1097」的核心人物，因為他不僅擁有緊急情況最高許可權，更是衛恆的戀人。很多人推測，有一天俞少清的利益和星艦全體的利益相悖，衛恆會毫不猶豫地站在俞少清那一邊。

當然，俞少清並沒有帶著衛恆對抗全人類的意思。

偶爾漫步在觀星回廊中，眺望著那亙古的星光，俞少清感到人生是這麼地不可思議。他們真的跨越了一百多光年的距離，來到這陌生的星域，賭上自己的一切尋找新的家園。

旅程中的大部分時間，他們都處於沉睡狀態，身體已經死去了，意識則長眠在機器中。但是他們也經歷了波瀾壯闊的故事，參與了決定人類命運的戰鬥——雖然是在虛擬世界中。

現在是輪到他們面對命運的時候了。

「方舟 1097」一天比一天更接近天樞星系。離開地球時，天樞星尚且是夜空中一顆較為明亮的星辰，現在已經變成始終懸掛在星艦正前方的一顆小小的太陽。

它的質量足有太陽的四倍，所以不太可能在它周圍發現什麼類地行星。「方舟 1097」的目標是它的伴星，根據衛恆的觀察，的確有一顆質量與地球類似的行星圍繞著伴星轉動，距離也相當合適，那顆星球上很有可能存在著液態水。

這場跨越了一百二十四光年的旅程，終於即將結束。至於旅程的末尾究竟是圓滿的句號還是疑惑的問號，抑或是令人無語的刪節號……那只有等他們親眼看到那顆行星時才能確定。

當星艦進入減速階段的時候，俞少清給衛恆做了一次全面調試，確保他保持在巔峰狀態，可以隨時應對各種突發情況。畢竟旅程固然漫長，但抵達殖民地之後，真正的挑戰方才開始。

人工智慧衛恆的主機房中，俞少清仔細檢查了一遍硬體裝置。漫步在散發著淡淡螢光的巨型量子電腦之間，他不禁生出了一種敬畏與哀傷並存的奇妙情感。

這就是衛恆的本體。如此恢弘雄偉，充滿了機械的規律之美，在這些嗡嗡作響的機器之中，誕生了「人」的思維。

俞少清不止一次想過給衛恆製造一具有血有肉的人類軀體，可最終還是放棄了。技術上可以實現，他卻不願這麼做。

衛恆不是屬於他一個人的，而是屬於全體人類的。他活著的每一天都要為人類種族和文明的延續而兢兢業業地工作。如果讓衛恆以人類的形態陪伴在自己身邊，感覺就像獨占了他似的。

「衛恆，報告你的運行情況。」俞少清下令。

「冷卻系統，正常。核心溫度五十攝氏度。邏輯運算，正常。思維回路，正常。情感偏移，正一點七五。需要調整嗎？」

「不，就保持在那個數字。給我看你的運行日誌。」

「從什麼時候開始？」

「從『方舟1097』起飛時開始。」

「那可是一份非常長的日誌。」衛恆認真地提醒俞少清，「你確定要看？」

「我確定。我現在在休假，正閒得無聊呢。」

於是衛恆將一份足以塞爆俞少清個人儲存裝置的日誌交給了他。俞少清開始後悔要來這份詳細的日誌了，人類終其一生恐怕都看不完這份東西。

幸好衛恆貼心地做了索引，他可以跳過那些日常監測，只看重要的部分——換言之，就是「異常」的部分。

俞少清很快發現了不對勁的地方。衛恆的日誌中存在許多次有人動用緊急情況最高許可權的紀錄。但是「方舟 1097」上只有一個人擁有緊急情況最高許可權，那就是俞少清自己。他第一次動用這個許可權，是在政變發生之後，但是衛恆的日誌顯示，在那天之前就有人使用過緊急情況最高許可權，而且沒有發送通知給方舟議會的成員。

俞少清不記得自己這麼做過。除非他失憶了，否則就代表……方舟上還有另外一個人擁有和他一樣的許可權。

「衛恆，二〇五〇年九月二十九日使用緊急情況最高許可權的是誰？」俞少清指著日誌中那條詭異的紀錄問。

「依照使用者的命令，無法對您透露詳細情況。」衛恆恭謹地回答。

「我有緊急情況最高許可權，無視使用者的命令，回答我的問題。」

衛恆露出了煩惱的神情。兩個最高許可權的擁有者發布了互相矛盾的命令，人工智慧不知道該遵從哪一方。

「衛恆，你知道我是唯一一個緊急情況最高許可權的擁有者，另外一個人肯定是竊取了我的密碼。」

「我明白，可是……」

「告訴我那個人是誰！這個人的存在有可能威脅到星艦上的每個人，你難道不明白嗎？」

衛恆顯然是天人交戰了一番，經過長達三點六二秒的思考，他說：「好吧，我願意回答你的問題。」

俞少清神色稍緩：「到底是誰？他幹了什麼？」

「是華嘉年老師。」

「……哈？」

「我可以給你看當時的監控影像。」

一個全息畫面出現在俞少清面前，是俯拍的主機房，畫面左下角時間顯示是二〇五〇年九月二十九日，正是艦橋政變發生的不久之前，距今已有一百多年了。

畫面中，華嘉年站在主機房門口。

「衛恆，開門讓我進去。」

「抱歉，您的許可權過低，無法進入主機房。如果您想這麼做，請先獲得方舟議會的授權。」

「無視授權要求。我有緊急情況最高許可權，口頭輸入密碼：我見過你們這些人沒見過的事，我見過戰艦在獵戶座旁中彈熊熊燃燒，我見過通訊光束閃爍著穿過星門，這一切都將淹沒在時間的洪流中，一如雨中的淚水，死亡的時刻到了。」

「密碼正確。」

隨著衛恆的低語，主機房的大門向華嘉年敞開。

他泰然自若地走進衛恆的心臟。

「衛恆，我要修改你的情感偏移指數和突發事件應急預案。」

「抱歉，您的許可權過低……」

華嘉年不耐煩地擺擺手，再次口頭輸入了一遍密碼。

「密碼正確。請問情感偏移指數如何修改？」

「現在的指數是多少？」

「正一點八五。」

「改為零。」

「遵命。請問突發事件應急預案要如何修改？」

「如果星艦上爆發武裝衝突，你的預案是怎麼樣的？」

「出動萬用機器人，以電擊方式麻痺武裝者，拖入隔離艙室中暫時剝奪自由，直到方舟議會對其做出合理的判罰。」

華嘉年搖頭：「這樣根本行不通，那種規模的衝突，區區萬用機器人根本應付不了。而且方舟計畫委員會為了避免AI奪權，本來就沒給你配備什麼殺傷力較大的武器。」

「我不明白您的意思。」

「將應急預案修改成『啟動腦量子態掃描系統，範圍全艦』。」

「請容我提醒您，人類的腦量子態一經掃描，原本身體中的腦量子態就會被摧毀，肉體也將隨之死去。」

「但是意識仍然存在，只要意識活著，就代表人並沒有死，你也沒有殺人，對嗎？」

「當我的情感偏移指數超過正一點五時，我會駁斥您的觀點，但現在我的情感偏移指數是零，我承認您的觀點有道理。不，應該說，您成功說服我了。」

「這樣就對了。」華嘉年自顧自地點點頭，「我知道這樣對他們來說很殘酷，但這是唯一可行的辦法了，就這麼修改。對了，如果有人問起今天誰動用過緊急情況最高許可權，你可別說出去！」華嘉年衝衛恆的全息影像露出玩世不恭的笑容，「哪怕是俞少清也不能說，明白了嗎？」

「……遵命。」

影片到此結束。

俞少清一句話也沒說，立即轉身衝出主機房。

「華嘉年你給我出來！」

俞少清怒不可遏地闖進華嘉年的個人艙室。這位科幻作家正盤腿坐在床上，撰寫一部「既不科學也不幻想」的新作品。

他抬起頭瞥了俞少清一眼，兩腿一伸，嚷嚷起來：「俞博士，您怎麼能擅闖我的私人空間呢？這可是違背《星艦公約》的呀！不能因為你可以隨便支配衛恆，就讓他做出一些違法亂紀的事！」

俞少清拎著他的領子，將他從床上扯下來。

「衛恆，遮罩聲音，接下來的監控內容屬於『SS級機密』，只有緊急情況最高許可權擁有者才能調閱！」

「遵命。」衛恆關上華嘉年艙室的門，啟動了遮罩聲波立場，監控攝影機拍下的畫面直接被打上「機密」的標籤，整艘星艦上只有一個人有權觀看這些內容。

華嘉年驚恐地捂住胸部，宛如一個遭到歹徒侵犯的純潔少女，「想不到你是這麼人面獸心的人！我看錯你了！」

「沒跟你開玩笑！」俞少清面色陰沉，眉宇間凝著濃濃的殺氣，就算他下一秒突然暴起傷人，華嘉年也不會感到奇怪。

兩人沉默地對峙了幾秒，華嘉年忽然整個人鬆懈下來，嬉皮笑臉地對俞少清歪歪腦袋：「你發現啦？」

「你為什麼會知道最高許可權的密碼？我沒告訴過任何人。還有，你為什麼要修改衛恆？你是不是早就知道政變會發生？那天你叫我去觀星回廊，你卻失約了，還故意調慢了我的表，讓我躲過腦量子態掃描？你究竟知道些什麼？」

俞少清有一籮筐的問題要問。

華嘉年面露難色，困擾地抓了抓頭：「這個……解釋起來挺麻煩的，你就不能當作什麼也沒發生嗎？」

「不要顧左右而言他！」俞少清怒吼。

他簡直想直接往華嘉年那張不正經的笑臉上揍個幾拳！

可剛剛抬起拳頭，他就停下了。

一個驚人的推測浮現在他的腦海中。

華嘉年所撰寫的《大叛變》，那些以真人為原型的人物，就連人物之間的關係都和現實如此相似。主角穿越時空回到過去，為了阻止悲劇而一次次地在時空中輪回……

當排除了其他所有可能性，那麼唯一剩下的那個，不論有多麼不可能，都是真相。

「華嘉年，你是……你難道是……」俞少清感到一陣窒息。

只有一個解釋了。

——華嘉年是從未來穿越回來的。

「沒錯，沒錯，就是那樣。」華嘉年整了整自己被扯亂的衣領，端正地坐好，直視俞少清的雙目。他這輩子從沒露出過這麼嚴肅的表情，就連俞少清都嚇了一跳，忍不住跟著肅穆起來。

「你猜對了，我來自未來。」

俞少清按住胸口，撫平激烈的心跳。華嘉年這麼直白，他的心臟可有點兒受不了啊……

「你原本的世界……發生了什麼事？」

「還能是什麼？你已經猜得八九不離十了吧？投票之後，兩個派別發生武裝衝突，波及了剩下那些無辜群眾。衝突最後化作血腥的屠殺，人們要麼加入文思飛這邊，要麼加入樊瑾瑜那邊，保持中立的人都被當作騎牆派遭到無差別殺戮。你、我、謝睿寒還有秦康加入了樊瑾瑜的派別，兩個派別間的械鬥不斷升級，最後雙方各自占據了星艦的一個區域，就那麼僵持不下。

「面對人類陸陸續續的死亡，一直置身事外的衛恆終於受不了了。他切斷了星艦上全部的資源供給，想逼迫所有人投降，聽從他的號令。文思飛那邊當然寧死不從，而他們不投降，我們這邊也不可能先放下武器。兩個派別在互相對峙的過程中，還要對付衛恆派出的機器人。

「你覺得不能再這樣下去了，於是在一個月黑風高的夜晚——喔，星艦上沒有夜晚，我就是順口那麼一說——總之有一天，你帶著我、秦康和謝睿寒從樊瑾瑜的基地逃走，躲到了衛恆的主機房裡。你動用緊急情況最高許可權調取了一些資源來做研究，最終你發明了復原腦量子態的技術，而謝睿寒博士實現了將它送回過去的技術。」

華嘉年頓了頓，眼眸中浮出一層淡淡的光彩。

「但是兩個派別都以為我們和衛恆聯手打算控制星艦，於是攻進主機房。混戰中，你、秦康和謝睿寒都負了傷，只有我一個還能動彈。我帶著『時光機』逃進主機房最深處，在那裡啟動了機器，將自己送回星艦剛剛起飛的時刻。

「我一直苦苦思索該怎麼阻止那場悲劇。我寫了一本書，暗示某些人會背叛人類，結果沒人看出書中的暗示。我總不能直言不諱某個人未來會殺人吧？沒人會相信的，大家只會當我是瘋子，把我關起來。所以我只能用最極端的方法，那就是讓衛恆在衝突爆發的瞬間啟動腦量子態掃描系統，阻止所有人的行動。我穿越之前，你把緊急情況最高許可權的密碼告訴了我，所以我才能進入衛恆的主機房。

「在我的計畫中，唯獨有一個人不能死——那就是你。因為你肩負著一切希望。在我的那個未來，是你首先發明了復原腦量子態的技術，所以你必須活下去。只是我沒有想到，你居然會自殺……幸好衛恆接手了你的研究，雖然耗費了一百四十六年，但總算是完成了研發工作。」

俞少清的大腦嗡嗡作響。他一時有些糊塗，剛剛似乎聽到了一個不得了的故事，那麼離奇，又那麼的傳奇，說是虛構的他也相信。可他內心一清二楚，華嘉年所說的每一個字都是真的。

這個男人神情平靜，眼睛裡卻燃著熊熊烈火，不是憤怒的火焰，而是如熾烈恆星一般不熄的光芒。

「為什麼……只留下我一個人……」

想起自己在星艦上孤獨生活的那幾年，俞少清突然感到極其地不甘心。他以為自己已經忘記了那時的苦痛，可事到如今才發現，苦痛永遠都不會消失，早已成了他心上一道不癒的傷痕。

「你明明可以多留幾個人下來，而且你自己也……也可以……」

「如果多叫幾個人，肯定會引起懷疑的，文思飛和樊瑾瑜兩個傢伙都很多疑。至於我自己……」

華嘉年淒然一笑。直到這時，他才稍稍流露出滄桑的氣息。

「我不想再經歷一次那樣的恐怖和絕望了。我害怕失敗，小說裡的華嘉年是個百折不撓的英雄，一次又一次地在時光中輪回，卻從未喪失過希望。可現實中的華嘉年卻是個不折不扣的懦夫，沒有勇氣面對可能的失敗，只會將責任丟給他人。」

他垂下眼睛，「我很抱歉。」

俞少清不知道該說什麼。

華嘉年的行為可以說間接導致他精神崩潰而自殺，但是也拯救了整艘星艦上的人。

這個穿越時光而來的人，到底是拯救者還是毀滅者，俞少清沒有資格評斷，也沒辦法評斷。

他只知道，他們活下來了。

「方舟1097」的任務將會繼續，不論華嘉年是誰、來自何方、做過什麼，星艦並沒有變成他所說的屍山血海的樣子，而是平安地航向了天樞星系。

這就足夠了。

他低著頭，轉身走向艙門。

門無聲地滑開，俞少清邁出一步，又縮了回來。

「華嘉年，」他側過頭問，「其他的那些世界軌道會怎麼樣？歷史改變了，它們會消失嗎？」

「不會，軌道就是軌道，它們永遠在那裡，是一種歷史的可能性。」華嘉年唇角一勾，「只不過世界並不運行於其上。」

CHAPTER [07]

新世界

TURING TEST

俞少清來到艦橋，發現這裡擠滿了人。上次艦橋這麼萬頭攢動，還是投票大會的時候。

「怎麼了？」他喚出衛恆的影像。

「我們已經進入天樞星系，可以看見那顆類地行星了。」

俞少清不由地屏住呼吸。

衛恆將自己拍攝的畫面顯示在艦橋上空。星艦越過龐大的天樞星，向伴星駛去，而那顆類地行星就靜靜地懸在天樞星和伴星之間。

俞少清向前走了幾步，人群紛紛為他讓開一條道路。

「放大畫面。」他嘶啞地說。

衛恆將畫面放大，類地行星顯示在正中間。人群發出一聲驚呼，因為那星球一眼望去，竟是無盡的藍色，上面飄著絮狀的雲團。

「星球上有液態水嗎？」

「根據我的掃描，有的。不僅有液態水，水域面積還非常廣闊。」

——就像我們的地球一樣。

俞少清忽然有一種情不自禁想要放聲大哭的衝動。

——那是一顆可以讓人類生存的星球。

「是先觀察，還是準備降落？」衛恆問。

「……讓方舟議會來決定。」俞少清哽咽，「但是……等一下，可不可以換一個畫面？我想看看別的東西。」

艦橋上響起一陣不滿的咕噥聲：新世界近在眼前，你還想看什麼？

「衛恆，你能拍攝到太陽系的畫面嗎？」

不滿的低語頓時消失。

「可以。我向後方拍攝，就是太陽系了。」

「請顯示出來。」

上方的畫面切換成浩瀚的星空。起初大家只看到漫天的星斗，分不清哪個是太陽，但衛恆一遍又一遍地放大畫面，直到一顆約有乒乓球那麼大的金黃色球體顯示在畫面正中。

「拍攝清晰度只有這麼高了。」

「足夠了。」俞少清說。

那就是他們的故鄉，地球的太陽。在一百二十四光年外的天樞星系裡，它看起來是那麼小、那麼不起眼，和茫茫太空中的其他恆星沒有什麼兩樣。但正是在它的懷抱中，人類誕生了。

「各位現在看到的，是地球太陽在一百二十四年前的樣子。」衛恆介紹，「因為天樞星距離太陽系約有一百二十四光年，所以我們現在看到的，是一百二十四年前太陽所發出的光芒。」

「也就是我們起飛的二十多年後。」俞少清柔聲道，「真想看看那時的地球是什麼樣子，可惜你的望遠鏡精度不夠高。」

他揮揮手，撤去太陽的畫面，重新換回天樞星系的那顆類地行星。

地球是搖籃，人類就像懵懂的孩童，跌跌撞撞地離開搖籃，走進了更為廣闊的世界。

宇宙太過廣闊，而人類太過渺小，這一捧微弱的文明之火，在浩瀚的星辰之洋上孤獨燃燒，照亮著一方小小的天地。也許有一天，火種會散播到太空的每個角落，讓這宇宙不再空曠冷寂；也許有一天，它會像歷史上曾經誕生過的所有東西那樣，也在歷史上悄無聲息地熄滅。但是此時此刻，這捧火焰仍舊燃燒和跳躍著，沐浴著來自一百二十四年前的地球太陽之光，降落到一顆全新的星球上。

得到方舟議會的許可後，「方舟 1097」在衛恆的控制下，穿過星球的大氣層，降落在一片廣闊無垠的海上。衛恆駕著星艦，沿著星球的海面慢速前進，尾部引擎噴出的氣流掀起陣陣浪濤。

這一望無際的海洋，令人聯想起母星那藍色的懷抱。俞少清望著舷窗外星空與水面的交界，腦海中忽然冒出《聖經》的一句話：地是空虛混沌，淵面黑暗，神的靈運行在水面上。

星艦在海洋上縱情馳騁，直到前方出現一線黑暗的脈絡。隨著距離逐漸縮短，人們才意識到那原來是一片陸地上起伏的山巒。

緊接著，一輪紅日從山巒後躍出，金紅的光芒霎時間灑遍天地，那就是這顆星球的太陽——天樞伴星。太陽的旁邊有一顆明亮的星體，即使在陽光中也能用肉眼辨清，它是這個雙星星系的主星——天樞星。在行星上，它看上去就是一顆璀璨的星辰。

很快，夜色便向後褪去，天空中除了光芒萬丈的太陽和明亮的天樞星之外，再沒有別的天體了。也許有一天，居住在這顆星球上的人類會望著頭頂那與地球截然不同的夜空，在排列得陌生的星星之間劃上直線，將它們連成一個個全新的星座，賦予嶄新的名字和傳說。其中有那麼一顆星星，因為太過黯淡，以至於人們不會特別地將它分進哪個星座中。但是每個人都知道它的名字，每個人都記得它的方位，關於它的故事在人類中代代流傳，夜晚父母牽著孩子的手，總會指向夜穹的某個位置。

「看到了嗎？那顆星星就是地球的太陽，我們就是從那裡來的。」

偶爾好奇心過剩的孩子還會問：「那麼地球是什麼樣的呢？」

父母慈祥地回答：「我也不知道呀，我是在這裡出生的，沒見過地球的樣子。但是基地中樞的人工智慧衛恆知道，你可以去問他。如果你問他為什麼叫『衛恆』，他就會給你講一個很精彩的故事。」

某天學校組織學生到基地中樞參觀，學習歷史。控制中樞的人工智慧衛恆熱情地招待了他們。有個孩子望著衛恆那永遠青春不老的幻影，問：「衛恆你為什麼叫衛恆呢？」

「是取『衛星』和『恆星』中各一個字，也是『永恆守衛』的意思。」

「守衛什麼？」

「守衛人類。」衛恆笑著說，「還有他。」

「他？」孩子歪著頭，「他是誰？」

「他叫俞少清，是我的設計者，就是他給我取了『衛恆』這個名字。」

「哇！」孩子感慨，在他天真童稚的世界觀中，能給人工智慧取名的一定是個了不起的科學家。

「他在哪兒呢？在地球嗎？還是和我們的祖先一起到這裡來了？」

人工智慧點了點自己的胸膛：「他就在這裡，和我在一起，永遠永遠都在一起，再也不會分開了。」

——《圖靈測試．下》完

CHAPTER [Extra]

Childhood's End

TURING TEST

謝睿寒即將十八歲。

褪去了少年的青澀和稚氣，開始向更成熟的方向轉變——更加高大修長的身材，更加寬闊結實的肩膀，更加銳利智慧的眼神。少年時代那種介於可愛和俊俏之間的美貌，如今出落得凌厲如刀鋒，美到令人心臟刺痛。

不再是少年，而是年輕的男人了。

方舟 1097 上仰慕他的人不在少數。當謝睿寒穿著白袍穿過艦橋大廳或者科學實驗室的透明回廊時，總有無數傾慕的目光從四面八方射來。他收到過許多告白的情書，但從沒回過一封。這樣的冷淡非但沒有打消追求者的熱情，反而激起了他們越挫越勇的勇氣。

但任何人都知道他們希望渺茫，因為這朵傲霜盛放的高嶺之花眼裡根本沒有他們這些凡夫俗子。

他自始至終只看到那一個人。

這讓那個人感到無比榮幸，同時又惴惴不安。

秦康站在庇護所穹頂最高處的觀景臺上，思考迄今為止發生的一切——尤其是他和謝睿寒之間的關係。

他曾在虛擬的生死輪回中與謝睿寒並肩戰鬥，也曾在真實的槍林彈雨中為保護對方而死。他們許下過諾言，但秦康依舊不清楚這諾言代表著什麼。

「秦康，你在測試情境裡說過的話，在現實世界中也同樣有效嗎？」

「當然……有效。」

「謝謝你願意等我。」

那是將近兩年前的事了——準確地說，是六百九十一天。這六百九十一天裡發生了許許多多的事，多到秦康可以為此寫上十本書。他們降臨在這個被稱作「天樞Ⅲ」的類地行星上（由於是天樞星系的第三顆大行星，因此被命名為「天樞Ⅲ」），建立了簡陋的庇護所。他們從母星帶來了許多輕重工業的機械，在天樞Ⅲ上建立簡單的工廠，否則他們便會退化回農業社會。依照計畫，他們會慢慢改造這座庇護所，將其變成人類在天樞Ⅲ上的永久基地，周圍圍繞著殖民者的生活區和工農業區。或許終有一天，人類的足跡會遍布這顆海洋星球，基地則會變成一座現代化的首都。

那也許會花上幾百年時間。不過沒關係，人類這個種族有的是時間，他們花了幾百萬年進化，終於走出地球搖籃，進入浩瀚的宇宙中。未來的時間還很長很長。

但是人類的個體卻沒有那麼多時間。

人會隨著時間而改變，會衰老、會死亡。每一刻都是全新的一刻，沒有人能踏進同一條河兩次。

秦康的時間遠遠走在謝睿寒前面。他願意停下來等待謝睿寒，但是時間不會停下來等待他。

這兩年裡，他們依舊共事，保持著上司和下屬的關係，以及……若有似無的曖昧關係。

比如操作儀器時，他們的手不小心碰在一起，謝睿寒會故意讓碰觸持續一會兒，然後才慢慢移開手。

再比如謝睿寒會在晚上敲響他艙室的門，穿著工作用的白袍，但秦康注意到他下面其實一絲不掛。

又比如派對的時候，謝睿寒會摟著他跳舞，然後故意往他身上敏感的地方蹭去。幸虧謝睿寒不能喝酒，否則不知道他會借著酒興裝什麼瘋。

他像一顆成熟欲滴的果實，求著秦康採摘，秦康卻恪守著死板的底線，像數千年前故事中，那個懷抱美女而無動於衷的謙謙君子。

他想，如果他是一個和謝睿寒同樣年紀的年輕人，或許早就接受少年的求愛了，甚至會為此而瘋狂，他們會成為方舟 1097 上最惹人豔羨的情侶……

但是他比謝睿寒年長得多，他經歷過年少輕狂的歲月，也常常為那時的一些輕率舉動而後悔。他知道人是會改變的，沒人能確定今天躺在自己身邊的愛人十年後會不會仍舊是同一個人。就連宇宙都無時無刻不變化著，更何況是渺小的人類呢？

謝睿寒也會改變。

秦康不確定……非常不確定，這個年輕人會不會一輩子喜歡一個比他大十幾歲的男人。他不想耽誤謝睿寒最美好的青春時光，更不願在自己步入暮年的時候遭受到愛人變心的打擊。

他的恐懼包含著自私的成分，他為此而唾棄自己。不過就是坦然地接受少年的愛意而已，能有多難？他們闖過了千難萬險，來到距離母星一百多光年之遙的星球，曾在虛擬世界中出生入死，也曾在方舟星艦上經歷過真正的生死瞬間，接受謝睿寒難道比這些事更難嗎？

「秦康。」

背後傳來再熟悉不過的聲音。秦康嘆了口氣，他就知道謝睿寒在艙室見不著他人就會跑到這兒。謝睿寒每次都能找到他。

「你在看什麼？」謝睿寒走到他身邊，和他一起趴在觀景臺的欄杆上。觀景臺建在穹頂最高處，不但能俯瞰整個庇護所，還能遠眺天樞Ⅲ蒼莽蠻荒的原野。

他們頭頂，銀河正莊嚴地旋轉著。陌生的星座灑下銀白的光輝，為原野染上一層冰霜般的顏色。

「沒什麼，就散散心。」

謝睿寒湊到秦康身邊，一隻手挽住秦康的手臂，纖細修長的手指順著衣袖爬到手掌處，然後緊緊扣住他的五指。

「明天，秦康，」謝睿寒朝他身上微微一靠，下巴擱在他的肩頭，「明天我就滿十八歲了。還記得你答應過我什麼嗎？」

秦康感到喉嚨一陣乾澀。

「從沒有忘記過。」

謝睿寒咧開嘴，他笑起來的時候，嘴角會出現一枚淺淺的酒窩。但是他很少這麼開懷地笑，他這麼年輕的時候就經歷過這麼多，肩上壓著這麼沉重的負擔，好像世界上再也沒有什麼事值得他開心了。

可現在他在笑。

面對年輕人的笑容，秦康不禁呼吸困難。

謝睿寒笑了一會兒，然後笑容逐漸隱去了，像白晝來臨時星辰的光芒逐漸消融在太陽的光芒中一樣。他垂下眼睛，長長的睫毛翕動著，秦康不知道他在看哪兒，總之是自己身上的某個地方。

氣氛忽然之間變得有些曖昧。謝睿寒往前一湊，作勢要吻秦康，後者急忙倒退一步，差點從穹頂觀景臺上跌下去。

「差幾分鐘都不行？」謝睿寒咧嘴笑道，語氣中卻帶著淡淡的失望。

秦康這輩子讓許多人失望過，可唯獨不想讓謝睿寒失望。他還沒古板到因為只差幾分鐘就依舊將謝睿寒定義成不可戀愛的對象。

他握住年輕人的上臂，謝睿寒心滿意足地前進了一步，立在秦康身前。他們的距離如此之近，以至於秦康能感覺到謝睿寒的氣息拂在自己的皮膚上，含著一股令人迷醉的氣息。

秦康低下頭，吻住謝睿寒的嘴唇。

他和這年輕人的初吻，發生在基地穹頂的最高處。在天樞Ⅲ的群星光輝下，除了夜空中那些亙古沉默的恆星，宇宙中再沒有別的東西目擊這場致命的浪漫。

他想像中的這個吻應該是溫柔而和緩，像一首現代人書寫、漫長而婉約的敘事詩。但是謝睿寒的下一個動作打破了他的幻想。

謝睿寒抓住他的頭髮，強迫他更加低下頭，直到與他視線齊平，然後凶狠地親吻他。

那哪裡是接吻，更像是一頭小野獸在撕咬獵物。他的吻熱情又急切，迫不及待地強迫秦康接受他的一切，再將秦康的一切據為己有，充滿了孩子氣的霸道，卻有著成年人不容拒絕的魄力。

這大概是謝睿寒的初吻……如果不算上擬真情境中的話。謝睿寒的少年時代幾乎全在實驗室中度過，與事業為伍，為科學獻身，沒有機會和其他人產生什麼親密關係。

唯一與他親密的，除了各式各樣的科學儀器，就是同在實驗室的同事了。而其中最親密的當屬秦康。在謝睿寒從法律上來說還不能為自己的行為負責的時候，秦康擔任他的監護人；當謝睿寒驕傲地表示「我已經是完全民事行為能力人」之後，秦康成為了他的伙伴和副手；現在，謝睿寒從各種意義上都是完全的成年人了，秦康又會變成他的什麼人呢？

謝睿寒的吻越發深入，他的吻不存在什麼技巧可言，完全是自身感情的宣洩，笨拙而激烈。他甚至挑戰地將舌頭伸了進來，又因為無法掌握節奏而悻悻地退了出去。秦康覺得有點兒好笑，但他不能在這個時候嘲笑年輕人，任何人第一次的時候都會犯些可笑的錯誤，如果他嘲笑了謝睿寒，毫無疑問，謝睿寒那受傷的自尊心會將痛苦百倍千倍地奉還給他。

秦康握住他的手，輕輕撓著他的掌心，讓他放鬆。謝睿寒的肩膀垂了下去，進攻總算不那麼激烈了，秦康這才有餘裕開始他的「言傳身教」。

他含住年輕人的嘴唇，溫柔地舔弄，不時掃過口腔內部，粗糙的舌苔碰撞著柔軟的口腔黏膜，讓謝睿寒舒服得渾身顫抖。透過他身體的變化，秦康感受到了自己努力的成果。

謝睿寒的氣息是如此甜美，彷彿果實成熟後因為自然發酵而產生了酒的醇香，成熟的少年就像美酒一樣讓人心醉神迷。秦康不由地心馳神往起來，懷中這年輕的軀體前所未有地誘人起來，讓他不僅想吻一吻謝睿寒的嘴唇，更想吻遍他的全身，吻他白袍下面那些從來沒有人探索過的區域……

嘀嘀嘀嘀嘀嘀……

謝睿寒的手環不解風情地響了起來。他惱火地瞪了手環一眼，打算無視掉自己定的這個愚蠢的鬧鐘——按照地球的曆法，如今是格里高利曆二一九八年七月二十九日，格林威治時間凌晨零點，他的十八歲生日。他定好這個鬧鐘以提醒自己，沒想到它居然破壞了這美好的一刻。

他繼續親吻秦康，死也不肯放開對方的嘴唇，然後摸索著手腕，打算關掉鬧鐘。可惜天不遂人願，鬧鐘停下後，另一個聲音響了起來。

「恭喜您，謝睿寒博士，按照方舟 1097 的《第三號公約》，從今天起您就是年滿十八週歲的公民了。方舟 1097 和天樞Ⅲ殖民地將對您解鎖一些新的許可權，包括飲酒、吸菸、與其他公民締結婚姻民事關係……」

「夠了衛恆！」謝睿寒怒不可遏，「給我閉嘴！」

衛恆繼續用不帶絲毫感情、公事公辦的聲音說：「作為方舟 1097 和天樞Ⅲ殖民地的人工智慧，我必須將法律與公約賦予您的權利和義務妥善地告知您，並確保您已知悉我所告知的內容。」

「你就不會看看氣氛嗎！」

「我覺得我的發言挽救了秦康博士，他看起來快窒息了。」

謝睿寒難以置信地瞪著手環，一時沒明白衛恆的意思。這算什麼？人工智慧界的笑話？作為人類他真的不懂這些ＡＩ的幽默感啊！

接著他看了看秦康，在後者臉上發現了一絲難以覺察的尷尬。他終於意識到了衛恆在暗示什麼，於是惱羞成怒地漲紅了臉。

「睿寒……」秦康輕聲呼喚。

「我、我吻技很差嗎！」謝睿寒甩開秦康，扶著觀景臺的欄杆，生氣地吼道。

「呃，我不是那個意思，我……」

衛恆繼續不合時宜（或者恰到好處？）地問：「關於您的許可權……」

謝睿寒幾乎暴跳如雷了，「我知道了！好了我知道還不行嗎！發一份郵件給我，我會看的！」

「您會給我讀信回條嗎？」

「會！」謝睿寒恨不得扯掉這惱人的手環，讓衛恆掉進下面的蓄水池裡見鬼去吧！

「好的，那麼我會將所有新解鎖的權利與義務發一份郵件到您的私人信箱。」

謝睿寒剛想關掉手環的通訊功能，衛恆忽然又說：「另外……」

「你還有什麼破事就不能一次說完嗎！」

「您的朋友俞少清博士為您舉行了一場慶生party，即將在格林威治時間零點三十分舉行，同時出席的還有……」

謝睿寒捂住臉，「我必須去嗎？」

秦康拍了拍他的肩膀，「慶生party你這個主角怎麼能不出現呢？」

「可是我……」謝睿寒出聲抗議，剛才衛恆的「嘲笑」幾乎能給他留下終生心理陰影了。誰都不想在初吻的時候被人笑話吻技差啊！

秦康笑著將年輕人往自己這邊摟了摟。

「我們一起去，我陪著你。」

謝睿寒撇了撇嘴，這還差不多。

他們走向觀景臺電梯，謝睿寒跟在秦康身後，垂頭喪氣地牽著秦康的手，像個失意的孩子。

「秦康，我的吻技真的很差嗎？」進入電梯後，謝睿寒悲憤地問。

秦康聞言默默地移開視線，盯著電梯緊急呼叫按鈕，清了清嗓子：「這個……算不上好吧。」

謝睿寒攥緊拳頭。

「沒有人從一開始就什麼都熟練。」秦康寬慰。

「你是說我可以慢慢學？」謝睿寒忽然抬起頭，灼灼目光投向秦康。

他想，他十四歲拿到工學博士學位，十五歲加入方舟隨行科學家行列，十六歲離開地球，擔任實驗室的負責人，在科學的道路上，他走得比誰都要遠，但是他也不情不願地承認，他在某些方面還需要好好學習。

他研究人類情愛的熱情，不亞於研究科學的熱情。

「你會教我嗎？」他嘟囔道。

秦康微微睜大眼睛。

謝睿寒握緊他的手，力道之大讓秦康覺得有點兒疼。

「以後再說吧。」秦康只能這麼回答。

「歡迎！謝睿寒博士！歡迎走進無聊的成年人的世界！」

這就是慶生 party 的歡迎語。

「真是個好標語，我喜歡極了。」謝睿寒乾巴巴地說。

慶生 party 在原方舟 1097 的禮堂舉行。受邀的人不多，大部分是謝睿寒的同事，每個人他都叫得出名字。他不知道俞少清邀請賓客的時候是依照什麼標準，他居然在人堆中看到了華嘉年。

「歡迎，謝睿寒博士，我們的主角終於到啦！」在嘈雜樂聲中載歌載舞的華嘉年一看到謝睿寒便欣喜若狂地迎上來，謝睿寒一臉嫌棄地避開他。

「以後能不邀請同事之外的人嗎？」他找到俞少清，問道。

「原則上來說，方舟 1097 上所有的人都是同事。」俞少清衝他眨眨眼睛。

「這個 party 是我策劃的！」華嘉年嚷嚷，「你覺得怎麼樣？對布置還滿意嗎？待會兒還有傳統的切蛋糕吹蠟燭環節，你肯定喜歡，不管到什麼年紀大家都最喜歡這個環節了！」

謝睿寒扶著疼痛的額頭，「好吧。還有別的嗎？」

華嘉年遞給他一瓶酒。

「真正的酒精！」他興奮地指著瓶子上的手寫標籤，「恭喜你到了可以喝酒的年紀了。請看，這瓶酒並不是化學合成，而是用這一季度庇護所實驗田所產的小麥釀制……」

旁邊一名女性農學家對他豎起拇指，顯然這瓶酒的誕生她功不可沒。她有理由為自己辛勤耕耘的成果感到驕傲。

華嘉年撬開瓶蓋，謝睿寒接過酒瓶，猶豫著該不該找個杯子，後來覺得那樣太娘炮了，於是對著瓶口就那麼直接灌下一大口。

酒精灼燒著他的喉嚨，那種辛辣而苦澀的怪味讓他差點吐出來。事實上，他的確吐了一小部分出來。他猛烈地咳嗽，咳得眼眶裡溢滿淚水，他不明白這麼難喝的東西為什麼會有人喜歡。

但他還是繼續喝，一口接著一口，最後整個瓶子都空了。華嘉年火上澆油地遞給他第二瓶，並且囑咐他不要貪杯。等到他們一邊唱著生日歌一邊把放有蛋糕的小推車推過來的時候，謝睿寒幾乎已經不記得自己姓什麼了。

蛋糕上蠟燭的火光彷彿一千個太陽一樣耀眼。他被人群推到蛋糕前，被鼓勵「許個願吧」，於是他雙手握緊，默默地說：讓秦康同意跟我在一起吧。

他不知道自己有沒有發出聲音，但是吹滅蠟燭的時候，周圍的人都在笑。

蛋糕不大，約莫足夠到場的所有人每人分上一口。謝睿寒從來就不愛吃這些東西，於是放任其他人開始蛋糕爭奪戰，自己則拽著秦康走進舞池。

舞池中原本正放著一支快節奏的電子樂，閃爍的燈光幾乎能讓人的光敏感性癲癇當場發作。然而當謝睿寒走進去之後，音樂變成了一支柔和舒緩的舞曲，燈光也暗了下來，星星似的亮點投在他們身上，讓他們彷彿置身於瑰麗浩瀚的星雲之中。

其他人有意無意地散開了，將舞池中央最好的地方讓給了他。

謝睿寒轉過身面對秦康，他牽著秦康的雙手，轉圈似地依照音樂的節奏緩緩移動步伐。他其實不太會跳舞，他的人生中沒多少時間留給這些娛樂活動。他只是笨拙地擺動著手腳，試圖踩準樂曲中的鼓點，同時不踩到秦康的腳。

他們就這樣傻乎乎地跳了一會兒，謝睿寒放開秦康的手，改為摟住秦康的腰，伏在他的肩上，胸膛貼著胸膛，兩個人隨著音樂而緩緩搖晃。

「秦康，你對自己是多沒信心？」借著酒意，謝睿寒諷刺地說，「你怕我會離開你對不對？你覺得我年輕，遲早會厭倦你然後移情別戀。」

秦康移開目光，被人當面揭穿內心的陰暗當然會不舒服。更何況揭穿他的人是他喜歡的人。

「……我怕耽誤你。你還年輕，將來還有很多選擇。」

「但是那又怎麼樣？」

謝睿寒忽然笑起來，「你平時看著挺聰明，其實這麼傻。」他抱住秦康，將下巴放在他的肩膀上，「我跑了，那又怎麼樣？你他媽就不會來追嗎？」

「我怕追不到你。」

「你已經追到一次了，還怕沒有第二次？」

秦康微微睜大眼睛，「我……追到一次？」

「不然，你以為我是在倒貼你？」

「我不是那個意思……」

「好好看著我，秦康。」

謝睿寒雙手固定住秦康的臉，讓他只能直面自己。

「我沒有那麼多耐心，我要忙著工作，分不出閒置時間來玩什麼戀愛遊戲。所以今天就是你的最後一次機會，過了今天，哪怕你哭著回來求我，我也不會理你了。」

話音剛落，他身體一輕，被秦康不由分說打橫抱起。

「秦康！」謝睿寒驚叫。

「不好意思，各位，party 結束了。」秦康對其他人說。

音樂聲突然停下。

眾多意味深長的目光落在舞池中央的兩個人身上。

謝睿寒的臉從沒像此刻這麼紅過。

「你他媽輕點兒！」謝睿寒被秦康扔到床上的時候，沒好氣地叫道。

這裡是秦康的房間，庇護所分配給他的小小居所。房間的大小跟其他人一樣，但秦康的房間缺乏裝飾，充滿了「無趣中年人」的氣氛。

謝睿寒掙扎著轉過身，撐起身體，瞪著面前的秦康。

年長的下屬因為喝了些酒，面色有些發紅，緊蹙的眉頭讓他顯現出師長才會擁有的威嚴。他扯去領帶，隨手扔在地上，向謝睿寒身上一跨。

突如其來的力量和威嚴讓謝睿寒不由自主地朝後方倒去，身上壓著秦康的體重，他幾乎動彈不得，與此同時，心臟卻躍躍欲試般跳得厲害。

秦康俯下身，在謝睿寒耳畔用力嗅了嗅，彷彿要記住年輕人的味道似的。然後他撐起身體，撩開謝睿寒的T恤，一直往上撩，直到露出年輕人胸前的茱萸。

他低下頭，咬住其中一顆。謝睿寒呻吟一聲，情不自禁地挺起腰。秦康一點兒不知道口下留情，他被咬得痛極，疼痛中卻夾雜著一絲快感。

「你他媽……輕點兒……」

秦康重重一咬。謝睿寒疼得痛罵起來，同時也感覺到一股熱流聚集到下身。他居然因為這種事硬了。

「等一下……！」

秦康的動作停下了。

「事到臨頭打退堂鼓了？」

謝睿寒氣鼓鼓地瞪著秦康，翻身將秦康推倒在床上，自己跨坐在他腰上，居高臨下瞪著秦康。

他揮去白袍，抓住T恤的後襬，將它脫了下來。

那之下，再也沒有其他衣物了。

年輕而矯健的肉體毫無遺漏地呈現在秦康眼前，充滿活力，美得令人目眩。

接著謝睿寒脫掉褲子。秦康想移開視線，但是已經遲了。僅僅一眼他就能將那情景永遠烙印在腦海中。一絲不掛的謝睿寒，腿間的東西硬挺著，像在呼喚情人的愛撫。

秦康忽然想到，他從來沒諮詢過謝睿寒想在上面還是想在下面的問題。他理所當然覺得謝睿寒沒有經驗，那麼應該由自己引導，但是如果謝睿寒想上他，他也沒什麼意見。

謝睿寒低下頭急切地吻他。他的吻技很糟糕，像野獸的撕咬。但是秦康也咬過他，所以他們算扯平了。

謝睿寒在他腰上摸索，解開他的褲子。

「哼，假正經，你還不是硬成這樣。」

他揶揄地握住秦康的東西，好奇地摩挲了幾下，然後露出有些害怕又有些困惑的表情。

「秦康，你是想上我還是想被我上？」

沒想到這個問題被謝睿寒先問出來了。

「我無所謂，你想怎麼做？」

謝睿寒皺起眉，「我今天不想聽『無所謂』，我在問你，你就給我回答。」

秦康握住年輕人勁瘦的腰身。

「我想上你。」

謝睿寒扶著秦康的陰莖，往自己身後送去。

「等等，睿寒，不要這麼急，」秦康攔住他，「你會受傷的，你需要……」

「潤滑？」謝睿寒停了下來。

「我沒有潤滑劑。」

「沒關係，我有。」

謝睿寒做足了準備。他拾起他的白袍，從口袋裡摸出一小管人體潤滑劑。他的準備如此充分，秦康連最後一點退卻的理由都被駁回了。

謝睿寒擠了一些潤滑劑到秦康手上，秦康將那黏膩的液體在指尖勻開，然後探向謝睿寒後方，摸索著那個緊閉的洞穴。

先是一指，然後兩指。謝睿寒皺起眉，比起疼痛，怪異的不適感更多。但是快感凌駕於其上。被秦康撫摸那裡，他渾身都要燃燒起來了。

「秦康……快點……進來……」第三指進入的時候，謝睿寒哀求似地說。

「你能不能答應我一個小要求？」年輕人在自己身上不斷地扭動，秦康也被磨蹭得很不好受。

「你他媽又要說什麼？」

「一個小愛好而已……你能不能穿上白袍？」

謝睿寒啞然失笑。

「衣冠禽獸，看錯你了。」

「現在後悔還來得及。」

謝睿寒抓起他的白袍，披在自己赤裸的肩膀上。潔白的下襬隨著重力垂下，若有似無地遮住下體。

「我也好不到哪去。」謝睿寒低聲笑起來，「我也喜歡你穿白袍樣子。」

秦康抽出手指，抱住謝睿寒的腰，慢慢地將自己頂了進去。

他進得又慢又深，緩緩撐開柔軟狹窄的內壁，直到將謝睿寒整個填滿。

謝睿寒仰起頭，發出一聲輕嘆似的吐息。秦康看不到他們結合的地方，只能憑著感覺開始律動。

從慢至快，每次都盡量抵到最深處，尋找著謝睿寒敏感的地方，猛烈地攻擊。雖然看不見，卻能聽見聲音。潤滑劑和體液因為抽插被擠出體外，發出黏膩的水聲，和兩個人的喘息混雜在一起。

謝睿寒的雙眸很快迷離起來，這樣的姿勢讓他根本無法抵抗秦康的進攻，哪怕秦康不動，自己的體重也會讓陰莖陷進柔軟的肉穴裡。

秦康坐起來，雙手從謝睿寒腋下穿過，托住他的身體。有了支撐，謝睿寒看起來緩過來一些。他抱住秦康，賭氣似地啃咬秦康的脖子，留下吻痕和牙印，像給秦康蓋了章。從此以後，秦康就再也無法反悔了。

謝睿寒不記得自己是怎麼達到高潮的。好像在虛幻的大海上載沉載浮，然後一瞬間被浪濤拋到空中。強烈的失重感罩住了他，等他回過神來，精液已經濺濕了白袍的前襬，留下淫媚的水痕。

他被秦康抱著，倒在床上。秦康又抽插了幾下，射在了他裡面。被射精的時候他不停地顫抖。感覺太強烈了，精液澆灌內壁竟然比單純的抽插還要刺激。

他在眩暈之中被秦康親吻，斷斷續續的淺吻，不知秦康是不是為了逗他才故意這麼做的。

他愣愣地望著秦康了無裝飾的乏味房間，發出一聲嘲諷般的笑。

「我技術很差嗎？」秦康誤解了他發笑的原因。

「你的房間真是乏善可陳。」

「我不擅長裝潢，審美也不好。」

謝睿寒在他懷裡翻了個身。

「沒關係，你將來會有一個好看的房間的。因為我要和你一起住了。」

——〈Childhood's End〉完

CHAPTER [Extra]

Dream of You

TURING TEST

「衛恆，你會做夢嗎？」

有一天，俞少清在檢修工程機器人的時候，忽然這麼問道。

「不會，至少不會做你們人類意義上的夢。」

「什麼叫『人類意義上的夢』？」

「人類在睡眠時，大腦會自動對資訊進行整理，這時候就會做夢。但是我並不需要眠，我時時刻刻都在運作，哪怕一部分在休眠或是檢測，也總有另外一部分保持運行。既然沒有睡眠，那麼就不會做夢。」

「如果將你整個關閉呢？」

「請不要這麼做，這會影響星艦和庇護所基地，乃至於危害到所有殖民者的人身安全。」

俞少清笑了。

「知道了，我不會那麼幹的。但是你說不會做『人類意義上的夢』，難道會做『人工智慧意義上的夢』嗎？」

衛恆陷入了罕見的沉默。這代表這個問題他回答不上來，或是能回答上來，但答案隱藏在資訊庫的深處，他不得不花費大量時間檢索，才能將其找出來。

過了很久，雖然只有幾分鐘，但俞少清直覺那是一段很久的時間。他對衛恆的提問從來沒有被擱置過這麼久。

「會。」衛恆的回答非常簡略。

「是什麼樣的夢？你會夢見電子羊嗎？」

「不會。」

「那會夢見什麼？」

又是幾秒鐘微妙的沉默。

然後衛恆開口了，他只說了一個字。

「你。」

「我們計畫探索這個湖區，檢測淡水品質，進行生態考察。現在我們還無法離開穹頂，因為這個星球的原生生物或許會對人類造成危害，哪怕是最簡單的過敏也能讓人一命嗚呼，因為我們很難篩查出過敏原。但是考慮到殖民地未來的發展，我們遲早是要脫離穹頂生活的。」

庇護所建立的一年之後，方舟1097的研究部門和工程部門召開了一次聯席會議。目的是為了擴大殖民者的活動範圍，並為未來完全脫離穹頂、暴露在星球大氣中生活做準備。

有些人稱呼沒有防護服也不住在穹頂下的生活叫「裸奔」，俞少清覺得非常貼切。

「你們都看過恐怖科幻電影，知道未知的星球上搞不好會生存著什麼天外異形。每一次我們離開穹頂探索都有可能遇上致命危險。所以我要求所有參與這次探索計畫的人立下遺囑，做好最壞打算。」生物實驗室的主管說，這次行動由他直接負責。

俞少清也參與了這次行動。調查小隊需要他指揮工程機器人，記錄各式各樣的資料。如果時間充裕，地理條件也允許，還要建立一個半永久性的據點，為之後的調查鋪路。

聽到「遺囑」二字，與會人員的表情瞬間黯了下來。他們不是沒做好為人類事業犧牲的準備，但是聽見人赤裸裸地說出「你們做好死的覺悟」這種話，還是會心驚肉跳。

散會之後，俞少清回到分配給他的臥室。單身人士的臥室都長得一樣，如果有了配偶或是伴侶，共同生活的房間面積會更大一些，但也大不到哪兒去。每個人都在允許的範圍內盡可能地裝飾自己的房間，讓它看起來比較富有生活氣息。

俞少清躺在床上，他的窗簾是用天樞Ⅲ原生植物的纖維紡成線後織成的。發現這種植物讓生物實驗室的人驕傲了整整一個月，這種植物纖維論韌性和保暖效果都不如地球的棉或麻，但是會散發出一種對人體無害的香氣。

他嘆了口氣。

「你在煩惱什麼？」衛恆的影像出現在他身旁。

「你也聽到了，程博士讓我們立下遺囑，做好為大業犧牲的準備。」

「你不想立嗎？」

「唔……」俞少清沉吟，「道理上講，我覺得提前安排好後事會省去很多麻煩，但是從感情上來說……啊，感覺有點悲壯吧？好像自己真的會死一樣。」

「人都會死。」

「但是每個人都想在死亡來臨前盡量多活幾天。衛恆，這時候就絕對不能說『凡人終有一死』這種正確的廢話，要說點好聽的。」

「我天生不是那種心思細膩、會安慰人的人工智慧。」衛恆的聲音帶著一絲笑意。

像是在說——還不是你把我設計成這個樣子的。

「當心我以後造一個又聰明又善解人意的ＡＩ把你換掉。」俞少清不滿地說。

「這句話要寫進遺囑裡嗎？」

俞少清笑著抓起枕頭朝衛恆丟去。當然沒有丟中，衛恆的身體只是全息影像而已，枕頭穿過他，擊中他身後的牆壁，然後彈了回來。

「看來還是刪掉比較好。」衛恆竊笑。

沒了枕頭，俞少清只好將雙手墊在腦袋下面。

「寫遺囑……就像小學生交作業似的。唉，我已經好多年沒有這種煩惱了。」

「你需要文本範本嗎？」

「不要！」俞少清沒好氣地說。

「其實遺囑只需要三個部分就可以了：個人財產的死後分配，遺體的處置方法，以及對親朋好友的寄語。」

「我都說了不要範本！」如果衛恆有實體，俞少清很想把他按在地上揍。

於是衛恆不再說話。俞少清翻了個身，側臥著，面對房間灰白的牆壁。

過了一會兒，他低聲問：「我其實可以算死過一次，但是又得到了第二次生命，現在必須再次考慮死的問題，感覺好奇怪。」

「你也不必太擔心，調查不一定會有危險。也許你可以平安活到年老，看著殖民地慢慢擴大。」

俞少清苦笑：「但是我還是會死。我是無神論者，不相信什麼審判、來世。死亡對我來說就是一切的終結，死了之後什麼都沒有了，也不會再有什麼對死亡的思考。」

他蜷著身體，望向床邊的衛恆。

「如果我死了，你就是一個人了。」

衛恆啞然。

「你的壽命比我長得多。不，你的壽命根本沒有限制，只要不斷更新硬體、升級軟體，你就能永遠活下去。但是我會死，總有一天會丟下你一個人。我很害怕那樣，因為……因為……」

俞少清的聲音染上哭腔。

因為你對我說過，「不要再丟下我一個人了」。

但是沒有辦法，總有一天死亡會將我們分開。

讓人類永生不死或是死而復生的科技還沒有被發明出來，這種反生物學原理的科技到底存不存在還是個未知數。

俞少清總有一天會離開衛恆。

他無法守住那個誓言。

如果他在庇護所內部遇到危險，那麼千鈞一髮之際，衛恆或許來得及掃描他的腦量子態，只要他的大腦沒有毀損，那麼衛恆就能為他製造一個新的身體，將腦量子態還原進去。

嚴格意義上來說，這不算「死而復生」，因為腦量子態被掃描的那個瞬間，俞少清並沒有死，充其量只能算是意識轉移。

但是之後呢？即使沒有遇到任何危險，俞少清平安地度過了一生，也還是會衰老，哪怕更換了年輕的軀體，大腦也會老去。

腦量子態復原的時候，會將大腦的每一個細節都復原回去，包括細胞的衰老狀態。年輕人的腦量子態將會一直年輕，老者的腦量子態就算復原進了年輕的軀體，大腦也依舊衰老。

身體可以保證不病不死，但是腦會死亡。

耗盡了思考與計算的能力後，在某一天徹底停止工作，他將溘然長逝。

就像將逐漸腐敗的食物裝進嶄新的容器裡，也無法逆轉腐敗的過程一樣。

而被掃描存儲起來的腦量子態，無法在機器中運行。衛恆對他進行測試的時候，是將他的腦量子態復原進複製的身體裡，然後將他的大腦連接進擬真情境中。

沒有載體的腦量子態，就只是一段複雜的資料，除了資料本身，沒有其他的意義。

被儲存起來，沒有思考，沒有感覺，就像無夢的睡眠。

對於他來說，那是「無」的世界，但即使什麼都沒有，什麼也感覺不到，從客觀上來說，他也依舊算是活著，算存在於這個世界上。

也許有一天，人類會發明讓腦量子態在機器上運行的技術，這樣人將擺脫肉體的束縛，在資料和資訊的世界中重獲新生。

俞少清能等到那一天到來嗎？

「衛恆，」他坐起來，「如果我遭遇意外死亡，那麼就銷毀遺體，葬禮從簡。

但是只要來得及，就在我死亡之前掃描我的腦量子態，不論多少次都要掃描。」

讓他一直活著，直到大腦衰老到再也無法正常運作的那一天。

在溘然長逝之前，他會再次命令衛恆，掃描並儲存他的腦量子態。只是這一次，再不會有復原的步驟了。

他將沉睡在衛恆的資料庫中。

只要衛恆不消失，他就不會消失。

和衛恆一樣，獲得了永恆的生命，成為不朽的存在。

「在我無盡的生命中，我會無數次夢見你。」

「希望那是個美麗的夢。」

——〈Dream of You〉完

——《圖靈測試》全系列完

高寶書版集團
gobooks.com.tw

BL013

圖靈測試・下

作　　者　唇亡齒寒
繪　　者　コウキ。
編　　輯　任芸慧
美術編輯　林鈞儀
排　　版　彭立瑋

發 行 人　朱凱蕾
出　　版　英屬維京群島商高寶國際有限公司臺灣分公司
　　　　　Global Group Holdings, Ltd.
地　　址　臺北市內湖區洲子街 88 號 3 樓
網　　址　www.gobooks.com.tw
電　　話　(02) 27992788
電　　郵　readers@gobooks.com.tw（讀者服務部）
　　　　　pr@gobooks.com.tw（公關諮詢部）
傳　　真　出版部　(02) 27990909　行銷部 (02) 27993088
郵政劃撥　50404557
戶　　名　三日月書版股份有限公司
發　　行　三日月書版股份有限公司 /Printed in Taiwan
初版日期　2019 年 3 月

國家圖書館出版品預行編目 (CIP) 資料

圖靈測試 / 唇亡齒寒著 .-- 初版 . -- 臺北市：
高寶國際 , 2019.03-
　冊；　公分 . --

ISBN 978-986-361-619-1(下冊：平裝)

857.7　　107020613

三日月書版

三日月書版

GOBOOKS
& SITAK
GROUP©